中國歷史人物故事系列

萬人之上

管家琪/文・顏銘儀/圖

30位名相排排坐

人是最迷人的

◎管家琪

有人說，「歷史（History）」這個字，若拆開來看其實就是把「他的（His）」和「故事（story）」兩個單詞做一個組合。所以，什麼是歷史？歷史就是「他的故事」。不過，歷史實際上除了包括男性（他的，His）故事之外，當然也包括女性（她的，Hers）故事，總之，歷史就是「人的故事」。

人，永遠是最迷人的。

幾年前我曾經替幼獅文化公司寫過一套（三本）書，叫做《你一定要知道的100個歷史故事》，是從中華文化上下五千年中挑選100個歷史故事來講述，著重的是事件，這回「中國歷史人物故事」則著重人物，分為《皇上有令—30位帝王點點名》、《萬人之上—30位名相排排坐》和《風雲人物—100位名人召集令 1、2、3》（三本），一共五本。在這套書裡頭，距離我們最遠的是夏朝的伊尹，距今三千多年（西元前1649—前1549年），最近的是民國初年教育家蔡元培（西元1868—1940年）和末代皇帝溥儀（西元1906—1967年）。除了伊尹和周公，其他所有挑選出來的人物都是從春秋戰國時代一直到近代。讓我們從閱讀這些歷史人物的故事來了解歷史。

《風雲人物》將介紹一百位名人，包括名臣武將、學問家、發明家、開拓者、文學家、藝術大師、神童和奇女子等等。《皇上有令》和《萬人之上》則介紹三十位帝王及三十位名相，這兩本所講述的帝王和名相都是按朝代排列，請大家按照順序從頭讀下來，這樣對於中國歷史、對於朝代才會有一個比較清楚的時間概念。讀歷史，是一定要注意時間的，或者說要有敏銳的時間感。

至於為什麼這套書的前面兩本要先介紹帝王和名相，這是因為政治實在是一切的基礎啊，其實自古以來大多數老百姓恐怕都不是什麼政治狂熱分子，然而就算是對政治冷感，政治就是會在方方面面影響我們的生活、甚至決定我們的生活，而在封建制度下最重要的政治人物當然首推帝王，其次是名相。

在《萬人之上》這一本裡頭所講述的三十位名相，在「每一個朝代、或每一個時期至少介紹一位」的前提下，我們是以重要性、也就是影響歷史的程度來挑選名單，因此，有些名相的「名」其實不是英名而是臭名，就像有良相佐國，也有奸臣誤國（譬如秦朝的趙高、東漢的董卓、隋朝的楊素），但是由於他們都在歷史的關鍵點產生了莫大的作用，我們還是應該認識一下。

其次，有些良相，下場都頗令人唏噓，譬如戰國的商鞅、唐代的楊炎、北宋的寇準和王安石、明朝的張居正等等，這也是封建時代的悲劇，宰相的地位儘管是「一人之下，萬人之上」，可是那「一個人」——皇帝——就可以決定一切，即使位高權重如宰相，往往也無力回天，更無力自保。

不過，歷史終究是公正的，這些良相對中國歷史的貢獻，還是令今天的我們深感敬佩！

人是最迷人的 自序／管家琪 002

治大國若烹小鮮 伊尹 010

制禮作樂 周公 018

九合諸侯，一匡天下 管仲 026

寬猛相濟 子產 034

才思敏捷、口齒伶俐 晏嬰 042

商聖兼文財神 范蠡 050

變法圖強 商鞅 058
奇貨可居 呂不韋 066
晚節不保 李斯 074
導演沙丘政變的黑手 趙高 084
識人之明 蕭何 092
安定漢室 陳平 100
漢初三傑之首 張良 108
禍國大盜 董卓 116
一代梟雄 曹操 124
足智多謀 諸葛亮 132

功蓋諸葛第一人　王猛　140
東山再起　謝安　148
權傾朝野的大奸臣　楊素　158
直言敢諫　魏徵　166
籌謀帷幄，定社稷之功　房玄齡　174
中國古代著名的財政改革家　楊炎　182
普天之下，道理最大　趙普　188
力主皇上親征　寇準　198
富國強兵，改革科舉　王安石　206
以儒治國　耶律楚材　214

力挽狂瀾　張居正　222
書生帶軍　曾國藩　230
身無半畝，心憂天下　左宗棠　238
晚清中興四大名臣之一　李鴻章　248

附錄
中國歷史年代表　256
閱讀素養提問　陳欣希、邱孟月、黃雅雅　258

伊尹

治大國若烹小鮮

（西元前1649—前1549年，夏末商初）

老子（約西元前571—約前471年）有一句很有名的話：「治大國若烹小鮮。」這句話的意涵非常豐富，一、治理大國應該像烹飪一樣的費心，要掌握火候，還要講究精準的調配調味料；二、治理大國就像料理一條小魚，不要多加翻動，否則易爛，比喻當政者不要窮折騰，「無為」往往更利於老百姓；

三、治理大國要拿出就像是在烹調小魚一樣的態度，對於油鹽醬醋等調味料的拿捏要更為謹慎精心。

無論採取哪一種解釋，這句話把烹飪和為政之道聯繫起來確實都顯得相當貼切和智慧，因此從古至今經常被執政者所引用。

不過，這句話其實並不是老子的創見，應該從老子所生活的時代再往前推至少一千年，可以追溯到夏末商初的名相伊尹，因為用「以鼎調羹」、「調和五味」這樣生動的理論來治理天下，正是伊尹的治國理念。

伊尹出身卑賤，父親是一個又能屠宰又善烹調的家用奴隸廚師，母親則是居於伊水（今洛陽伊河）之上採桑養蠶的奴隸，「伊」就這樣成了他的姓氏，而「尹」相當於宰相，因為他後來被商湯封官為尹，故以「伊尹」這個名字傳世。

伊尹留給後人多重歷史形象，他是第一個見之於甲骨文記載的教師，是目前已知最早的道家人物之一，是中華廚祖，據說是「湯液」（中藥湯劑）的發明者，當然，他更是中國歷史上的名相，儒家都很崇敬伊尹，一直把他視為良相佐國的典型。

關於伊尹是如何成為宰相，為商湯效力，有兩個不同的版本。第一個版本是說，由於成長於有莘國的伊尹自幼聰慧，長大以後既掌握了烹飪技術，又深諳治國之道，既是貴族的廚師，又擔任貴族子弟的老師，漸漸的大名遠播，這讓求賢若渴的商湯很想把伊尹網羅到自己的身邊，可是有莘王不肯放人，商湯只好娶有莘王的女兒為妃，讓伊尹以陪嫁奴隸的身分來到商國。

第二個版本，則講述伊尹因為風聞商湯是一個仁君，所以自願屈尊當成陪嫁的一員，主動來到商國。可是，到了商國以後，伊尹被派到御膳房工作，根

本接觸不到商湯，為了引起商湯的注意，伊尹便故意把菜做得忽鹹忽淡，不久果然得到商湯的召見，伊尹就趕快把握機會大談治國之道，大意是治國就像烹飪的時候放調味料一樣，對於各種政策的擬定一定要恰到好處才能取得好的效果。聽了伊尹的高見，商湯大為折服，伊尹就這樣開始從政。

伊尹在軍事方面最大的功績是參與了滅夏戰爭的策劃、準備與實施。非常難能可貴的是，在那麼遙遠的年代，伊尹就已經能夠將「人心向背」對於戰爭的成敗，理解得非常深刻。

為了弄清楚老百姓對夏桀的態度，伊尹特地前往夏朝領地實際走訪，當他看到幾乎各地的老百姓都對暴虐無道的夏桀恨之入骨，認為夏朝走向滅亡乃是大勢所趨，堅定了滅夏的決心。於是，伊尹一方面宣傳夏桀的暴政，加深人民對夏桀的厭惡，另一方面也極力強調商湯的仁德，爭取其他部落的支持，讓夏桀處於孤立無援的境地。終於，在西元前1600年，商湯準備妥當，時機成熟，便帶領著商部落討伐已經眾叛親離的夏桀，立國大約470年（約西元前2070—前1600年）、中國有史記載的第一個世襲制朝代夏朝就這樣滅亡了，商朝取而代之。

伊尹在擔任宰相期間，整頓吏治，洞察民情。商朝初年經濟繁榮，政治清明，伊尹功不可沒。伊尹一生勤勤懇懇，從成湯開始，一共輔佐了五代君主，前後長達五十幾年，可以說為商朝強盛產生了非常關鍵的作用。

在伊尹所輔佐的五任國君之中，太甲最讓伊尹傷腦筋。太甲是商湯的孫子，在非常講究道德、認為國君應該注重道德修養方能施行德政的伊尹看來，太甲實在是一個糟糕的國君，狂妄自大，絲毫不遵守成湯法度，並且剛愎自用，一意孤行。為了要好好的教育太甲，伊尹遂把太甲放逐到一個叫做桐官的地方（這是成湯的墓地），讓太甲去面對祖先誠懇地反省。一個丞相居然能夠把國君放逐，由此也可見伊尹的手裡握有很大的實權。

除了要求太甲待在祖先的墓地好好反省，在這段期間，伊尹還不斷的派人送去很多東西讓太甲研讀，內容都是伊尹苦口婆心的規勸，以及如何才能做一個好的國君。在伊尹這番雙管齊下的教導之下，經過一段時日，太甲果然有了明顯的改變，不僅認識到自己過去的錯誤，也立志要接受伊尹的諸多忠告，改過自新，做一個好國君。

伊尹見改造成功，馬上高高興興地把太甲迎回國都，重登王位。太甲再度登基之後，表現果然也比以前要好很多。

另，根據學者考證，伊尹在商除了丞相還有另外一個重要的身分，那就是巫師。商朝是一個非常崇信鬼神的朝代，但凡國家大事小事都要通過占卜，因此巫師自然就具有很高的地位。而在上古時代，「巫、史、醫」是三者合一的，巫師本身就兼有醫官的性質。有學者說，「伊尹」這個名字同時具有來自伊水的「醫」和「相」的意思，歸根結底本意就是「來自伊水的巫師」。

中醫界還有將黃帝、神農和伊尹并稱為上古時代「三聖人」的說法，因為

「原百病之起愈，本乎皇帝；辨百藥之味性，本乎神農；湯液則本乎伊尹」，意思是說，有了病痛，能夠治癒，這是從黃帝開始的；辨別各種藥草不同的功效是始於神農；把藥草拿來烹煮成液體讓病人服用這種做法則是伊尹所發明。雖然也有不少學者如清代的名醫徐大椿（西元1693—1771年）認為湯液是無數先民千百年來所累積的生活經驗，並不是伊尹個人所發明，只是在伊尹的時代大為盛行而已，但長久以來還是有更多的人相信湯液就是伊尹所發明的，那本中醫界極為重要的一本書《湯液經》也普遍被認定是伊尹的著作。

總之，長命百歲的伊尹在上古時代簡直就是神一般的存在啊！

周公

制禮作樂

（生卒年不詳，約西元前11世紀下半葉，商末周初）

中文有很多同音字，取名字的時候一定要多念念看，有的名字如果只用聽的而不知道究竟是哪幾個字的時候，經常會有一些特殊的「笑果」，周公的名字就是一個很好的例子；他姓姬，名旦，叫做姬旦。他是周文王姬昌的第四子，周武王姬發的弟弟，因為他的采邑在周，爵為「上公」，所以被稱為周

公。

周公是西周初期傑出的政治家、軍事家、思想家和教育家，被尊為「元聖」和「儒學先驅」。

在周文王時，周人已經開始與商王朝周旋，周文王過世之後，武王姬發即位，仍然以太公望（也就是姜尚，姜子牙）為國師，以周公旦為輔相，姜太公和周公是武王最得力的左右手，不過，由於與周公是兄弟，周公又為人高尚，因此舉凡國家大事或是普通的小事，武王還是更常與周公討論。

從流傳下來的歷史文獻來看，周公對周朝的貢獻是多方面的，首先自然是在軍事上的成就，周公在周王朝的基礎還未穩固的情況之下，兩次克殷（「殷」就是「殷商」，指商朝），統一了東方，建立了以周為中心的軍事中心。

第一次克殷自然是指「武王伐紂」。西元前1044年周武王在姜子牙和周公的輔佐之下，率領諸侯聯軍討伐暴虐無道的商王帝辛（就是商紂王），結果周聯軍獲勝，立國約554年的商朝（約西元前1600—前1046年）宣告滅亡。可以說周文王是周朝的奠基者，但完成建立周朝大業的是周武王。

第二次克殷則是指平定內亂。

商王朝滅亡以後，由於殘餘勢力並未澈底消除，反抗周族統治的事件仍不斷發生，武王操勞國事過度，竟然在位兩年就病死了，成王繼位，但是這個時候成王還只是一個小孩，於是周公便以首輔宰

相的身分攝政，代行國政。

周公盡心盡力的治國，處處小心謹慎。史書上記載周公在這段時期經常「一沐三捉髮，一飯三吐哺」，就是說周公經常連洗個頭、吃個飯都老是被打斷，因為即使他正在洗頭或是吃飯，一聽到有賢人來訪，就會急急忙忙的趕緊起身相迎，如果正在吃飯，就把嘴裡正在咀嚼的東西吐出來，如果正在洗頭，就把溼答答的頭髮隨隨便便的先用手攥住（這就是所謂的「捉髮」），總之就是以最快速度出來見客。「一沐三捉髮，一飯三吐哺」這樣的形容，充分流露出周公謙沖為懷、禮賢下士的心情。

但即使是這樣，在周貴族之中，還是很多人懷疑周公有野心，認定所謂攝政之說只是想要暫時掩人耳目，實際上周公是想篡位。特別是管叔，因為他是周公的哥哥，認為既然現在武王不在了，按排行也應該是由他來擔任首輔宰相才對（這樣將來也該由他來取而代之）。管叔想必對於周公的「掌權」相當不滿，發了不少牢騷，武庚（紂王的兒子）得知以後，遂蠢蠢欲動起來；原來，周武王當初在滅商之後，為了妥善安排殷商的舊勢力，特意把武庚封為殷侯，讓他留在殷都，再派自己的三個兄弟管叔、蔡叔和霍叔等「三監」去「幫助」

（實際上就是監視）武庚，武庚在獲悉管叔的心思以後，認為周王朝的統治內部不穩，有機可乘，便積極拉攏管叔、蔡叔，又聯合其他幾個東方氏族邦國一起發動叛亂，一時之間整個東方又風起雲湧。

面對這樣的壓力，周公的處置非常果斷，先發表討伐叛軍的文告，以成王的口氣安定人心，號召全國百姓團結起來，緊接著就親自率兵東征，用武力去平定叛亂。之後，周公把為首的武庚和管叔殺了，再把蔡叔流放。接下來，周公又趁勝平定淮夷各個邦國的叛亂。這就是史書上所說的「第二次克殷」。可以說，武王滅殷時沒有澈底征服的殷民及其同盟，在周公東征時終於被全部征服。

周公東征，花了三年的時間，不僅平息叛亂，也使得周王朝的疆域獲得空前的擴大，東臨大海，南到淮水流域，西到甘肅東部，北到遼寧西南部，成了當時東亞的泱泱大國，周公對於周王朝的影響之大，不言而喻。

值得一提的是，周公不僅是對周王朝影響巨大，就是對整個中國歷史也影響深遠。西漢初年著名政論家、文學家賈誼（西元前200—前168年）甚至還如此評價周公：「孔子之前，黃帝之後，於中國有大關係者，周公一人而已。」意思是說從上古時代的黃帝（西元前2717—前2599年）到春秋時期的孔子（西元前551—前479年），在這長達兩千年左右的時間裡，對於中國歷史能夠產生深遠影響的除了黃帝和孔子，就只有周公一個人了。

為什麼這麼說呢？因為在周公攝政七年期間，完善了很多典章制度，包括宗法制度、分封制、嫡長子繼承法和井田制等等，所謂的「制禮作樂」，這些制度最大的特色就是以宗法血緣為紐帶，把政治和倫理融合在一起，不僅為周朝八百多年的統治奠定了基礎，對整個中國封建社會也產生了絕對關鍵性的影

響。

（周朝分為兩個階段，從武王滅殷到平王遷都，西元前1046—前771年被稱為「西周」；東遷以後稱為東周，也就是春秋戰國時期，西元前770—前221年）。

周公品德高潔，文武雙全，是一位嚴於律己，沒有野心、沒有權力欲的政治家，不僅是建立西周的第一功臣，也為西周的鞏固和發展打下扎實的基礎。後來，當成王長大，能夠自己主持政務了，他便還政於成王，回到自己的領地。周公在臨終前交代家人一定要把他埋在成周地方，表明他不離開成王、不離開周國，愛國之心，真是令人動容。

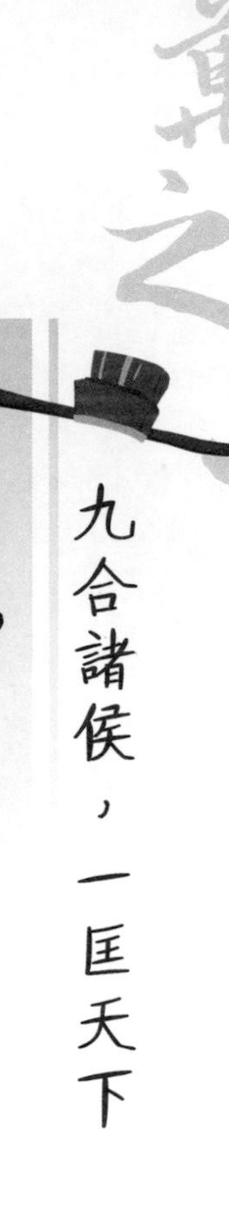

管仲

九合諸侯，一匡天下

（約西元前723—前645年，春秋時期）

距離我們今天兩千多年以前的管仲，被稱為「中國最早的經濟改革家」，同時也是春秋時期齊國著名的政治家和思想家。他在三十八歲那年（齊桓公元年，西元前685年）開始擔任齊國的宰相，一直做到辭世為止，一做就是四十年，任內大興改革，富國強兵，在他的輔佐之下，齊桓公成為春秋第一霸主，

是「春秋五霸」中第一個稱霸的。

（「春秋五霸」是指在春秋時期先後稱霸的五個諸侯，至於是哪五個，有兩種説法，一，齊桓公、宋襄公、晉文公、秦穆公和楚莊王；二，齊桓公、晉文公、楚莊王、吳王闔閭和越王句踐，無論是採取哪一種説法，齊桓公都是第一個稱霸、當之無愧的霸主，史書上説「齊桓公以霸，九合諸侯，一匡天下，管仲之謀也」，意思就是説齊桓公之所以能夠完成霸業都是得力於管仲高明的計策啊。）

不過，管仲之所以能夠為齊桓公所重用，一方面是由於齊桓公非常大度，即使當初在爭奪王位的時候，中過管仲一箭也能夠釋懷（當時管仲效忠的是公子糾），另一方面跟一個人也絕對脱不了關係，這個人甚至可以説是管仲一生的貴人，他就是鮑叔牙。有一句成語「管鮑之交」，用來形容自己與好朋友之間彼此信任的關係，典故就是出自管仲與鮑叔牙之間深厚的友誼。

管仲少時貧賤，曾經與鮑叔牙一起經營小買賣為生。商人在當時的社會地位是很低的，但是迫於生活，為了奉養老母親，管仲也不得不做。不過，或許是由於經商的緣故，管仲到過很多地方，接觸過各式各樣的人，見過許多世面，累積了豐富的社會經驗，對他而言還是很有益處的，以今天的話來說，由於深入基層，管仲的所思所想比較接地氣。他幾次想當官，都沒有成功，但是他並沒有放棄，後來好不容易總算來到齊國公子糾的身邊，做起了公子糾的師傅。與此同時，好友鮑叔牙則做起了公子小白的師傅。由於各事其主，不免有所謂的利益衝突，在這段期間，這兩個好朋友的往來想必是不多的。

齊僖公三十三年（西元前698年），齊僖公駕崩，在公子小白與公子糾的爭奪王位中，公子糾失敗，管仲因此下獄。公子小白即位，這就是齊桓公。齊桓

公理所當然準備請鮑叔牙來出任宰相，鮑叔牙卻非常誠懇的表示自己的才幹不如管仲，只有管仲能使齊國稱霸。

照理說，公子糾死了，管仲應該自盡，表現出一個臣子應有的氣節，一聽鮑叔牙說齊桓公居然有意要請自己出任相國，相當驚訝，也很尷尬，畢竟在爭奪王位的時候自己還曾經向齊桓公射過一箭呢！這時鮑叔牙就反覆開導管仲說：「古人云，『成大事者，不恤小恥，立大功者，不拘小諒。』」意思就是，要成大事、立大功，就別這麼婆婆媽媽的啦。鮑叔牙還提醒管仲，你有經天緯地的大才，只是一直時運不濟，現在這可是一個千載難逢的大好機會，你一定要好好把握！現任國君的抱負遠大，如果能夠有你的輔佐，必能成就霸業！

這當然不是鮑叔牙頭一次開導和鼓勵管仲了，管仲曾經說「生我者父母，知我者鮑叔牙也」，確實如此；打從兩人相識以來，鮑叔牙就非常了解管仲，總是很體諒管仲，而且也非常欣賞管仲，認為管仲的才能遠在自己之上，相信管仲將來一定能夠鴻圖大展。當年他們還在一起做生意時，管仲總是拿走比較多的利潤，可鮑叔牙從不與他計較，每當有人為此批評管仲時，鮑叔牙還會幫管仲說話，解釋因為管仲要奉養老母親，讓管仲多拿一點是自己願意的，後來管仲一度想以軍功來出人頭地，稍後卻在戰場上脫逃，有人罵管仲是貪生怕死的膽小鬼，也只有鮑叔牙支持他，認為管仲做得很對，與其白白送死，為什麼不留著有用之身，將來想辦法成就一番大業？

透過鮑叔牙的舉薦，管仲就這樣做起了齊國的宰相。這個時候的齊國，雖然號稱大國，但政治腐敗，社會矛盾尖銳，危機重重，為了化危為安，把齊國帶上一條光明大道，管仲一上任就開始進行一系列的改革。

管仲

他首先對經濟進行了改革。管仲有一句名言：「倉廩實則知禮節，衣食足則知榮辱」（後來司馬遷把「則」改成「而」），意思就是說只有先加強生產，改善老百姓的物質生活，才談得上「禮節」和「榮辱」。管仲認為傳統的井田制固然有其一定的價值，但如今已經不能適應當代的需求，於是便大膽打破井田制的限制，廢除從西周以來集體無償耕種「公田」的勞役，而是一律按土地的好壞、面積的大小，來徵收不同等級的實物稅，這是對當時奴隸制生產關係的一大變革，是歷史性的一大變革，這麼一來便大大提高了老百姓對勞動的積極性。

其次，管仲還充分運用齊國瀕臨大海這樣優越的地理位置，積極提倡老百姓從事漁鹽生產和貿易。諸如此類種種很有眼光的舉措，都為齊桓公日後的霸業累積了很好的物質基礎。

西元前681年，在管仲的建議下，齊桓公提出「尊王攘夷」的口號，以此來號召諸侯。所謂「尊王」，就是尊崇周王，當時周王室的實力雖然逐漸衰落，但是如果作為一個象徵還是很有影響力的；所謂「攘夷」，則是指驅逐外族，主要是指當時的夷族、狄族等少數民族的勢力，這樣的號召很能引起各個諸侯國的共鳴。「尊王攘夷」這個口號可以說非常切中當時的形勢，因此，提出這個口號的齊桓公當然也就提高了不少的威望。由此看來，管仲確實功不可沒。

子產

寬猛相濟

（？—西元前522年，春秋時期）

改革從來都是困難的，而且成功的例子很少。與管仲同一時期、也就是春秋時期其實還有一位傑出的政治家和思想家，很值得我們來認識一下，這就是子產。

子產是鄭穆公的孫子，公子子國的兒子，生年不詳。他在鄭國執政二十一年直到過世，先後輔佐鄭簡公、鄭定公，在鄭國進行了一系列大刀闊斧的改革，卓有成效，推動了社會的轉型，鄭國在子產的主政之下，出現了難得的中興局面。

甚至有些史家認為子產的才幹不輸管仲，只不過由於「舞臺」不同，所能發揮的空間自然也就大不相同；春秋時代，齊國是一個大國，管仲的改革又是得到齊桓公的大力支持，後來成就一番霸業似乎是一件水到渠成的事，而子產所處的鄭國則是一個位於中原的小國，南北兩邊被楚、晉兩個實力堅強的國家所逼，想要使鄭國獲得霸主地位幾乎是不可能的，子產所能做的就是解決長期以來，因為弊病叢生而導致的積貧積弱的問題，使鄭國的根基好歹能夠健康一些，同時，在處理外交問題、與大國來往時，子產也總是能夠一方面表現得不卑不亢，另一方面則非常技巧、盡可能的為國家爭取利益。

子產主政之初，國內貴族驕橫，內亂迭出，可想而知想要推動改革，所面臨的條件相當惡劣，阻力相當大。當時控制鄭國政治的是所謂的「七穆」，這是鄭國七家卿大夫家族的合稱，包括駟氏、罕氏、國氏等等，以罕氏最強。罕氏宗主罕虎（字子皮）是子產的貴人，不僅大力舉薦子產，主動將自己執政的位子讓給子產，對於子產的改革也全力支持，即使是在子產執政之後，因為一些強族子弟（包括子皮的兒子）能力不足，子產拒絕任以官職，子皮也毫無怨言。

子產所有的改革措施都是以「愛民」和「利國」為宗旨。比方說，他進行田稅兵制的改革，使貧戶與富戶的負擔趨於合理，進而增強了國家軍事實力和財政收入，在剛剛開始推行新政的時候，由於有損富有階層的利益，自然遭致很多人的反對甚至威脅，但子產都態度堅定，表示「苟利社稷，死生以之」，

意思就是說，只要是對國家社稷有好處的，我就算是要獻上生命也在所不惜。這句話成了子產的名言。

子產的作風非常開明，最典型的例子就是他對於鄉校存廢的態度。有人建議毀禁鄉校，不許百姓在鄉校議論時政，子產卻認為讓大家在鄉校裡充分發表意見沒什麼不好，還表示在了解了老百姓的心聲以後，可以盡量做到「其所善者，吾則行之；其所惡者，吾則改之」，簡單來說就是「老百姓喜歡的我就採納，老百姓所憎惡的我就改正」，十足展現出一個執政者難得的胸襟。

在執政第八年，子產進行法制改革。他特別將法律條文鑄在鼎上，公布於眾，使人人都能有所遵循，改變過去無法可依的狀況，同時也直接限制了不法者的膽大妄為，所以也有人稱子產為法家學派的創始人。

總之，子產的改革由於適應社會發展的需要，獲得了極大的成功，按書上

記載，「子產治鄭，城門不閉，國無盜賊，道無餓人」，簡直就是一個大同世界了。

子產的為政之道處處展現出自己獨特的思考和哲學。譬如，他說政事好像農活，要白天黑夜都時刻掛念，同時，執政者所做的不要超過所想的，就好像農田裡有田埂一樣，這樣過錯自然就會少一些。因此，子產在推行新的政策之前，都會日日夜夜反復思考，先進行周密的研究，設計出具體可行的方案，然後才正式實施，當然，一旦實施之後，也絕對不會輕易退縮。

又如，當後來子產病重，在病榻前告誡繼任者子太叔為政要「寬猛相濟」，所謂「寬」是指強調道德教化以及重視懷柔政策，「猛」則是指嚴刑峻法。比方說，在處理公族問題時，子產就是一方面採取懷柔政策，另一方面則對強宗子弟採取後發制人。

當時，最跋扈的公族是子晳。鄭簡公二十三年，子晳殺死執政伯有，繼而強占子南之妻，種種惡行，令人痛恨，一開始子產覺得時機還未成熟，就先忍著，按兵不動，直到子晳不僅不思悔改，所作所為還日益過分，竟然想要滅了子南全族，以至於後來就連子晳的族人也對他忍無可忍，聯合起來想要殺了他，子產得到消息以後，立刻趕到子晳處，歷數子晳的罪狀，令其速死，否則「大刑將至」，到這個時候，子產終於伸張了正義，同時也順利消滅了豪強。

子產講究「寬猛相濟」的想法對後世產生了一定的影響，只是儒家繼承了子產「寬」的哲學，法家則繼承了「猛」。孔子也非常欣賞子產這套政治哲學，認為用寬容和嚴厲兩相配合來施政，確實能夠達到政通人和的境界。

子產過世以後，因為他一生廉潔，奉公守法，家中竟然沒有積蓄為他辦理後事，他的家人只好用筐背著土，將他葬於新鄭西南陘山山頂上。消息傳到鄭

國臣民的耳裡，大家都覺得非常不忍，紛紛捐出很多珠寶玉器，想要協助子產的家人辦理喪事，可是子產的兒子不肯接受，最後大家沒辦法，只好把這些財物紛紛拋到子產封邑的一條河水中，來悼念這位了不起的政治家。大量的珠寶在河水中呈現出絢麗的色彩，從此這條河就被稱為金水河（今河南鄭州市金水河）。

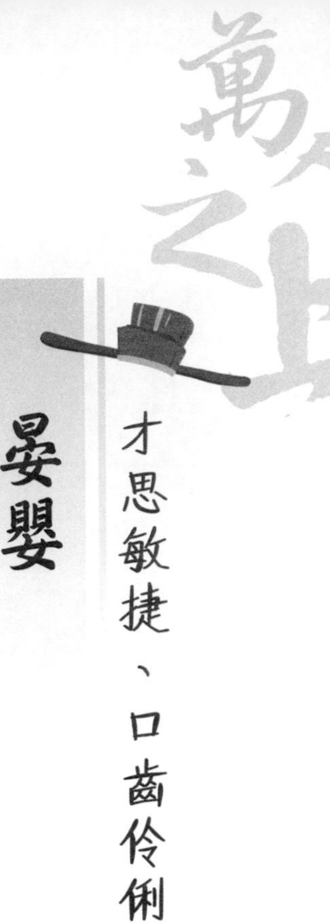

晏嬰

才思敏捷、口齒伶俐

（西元前578—前500年，春秋時期）

晏嬰是春秋時期齊國著名的政治家、思想家和外交家。他是齊國上大夫晏弱之子。齊靈公二十六年（西元前556年），晏弱病死，二十二歲的晏嬰繼任為上大夫，這一做就做了超過半個世紀，歷任齊靈公、齊莊公和齊景公三朝，其中輔佐齊景公的時間最長，達三十年。

晏嬰留在歷史上有兩個鮮明的形象，一個是他個子矮小，一個是他才思敏捷、口齒伶俐，而這兩個形象又經常相互影響。最經典的例子就是有一回晏嬰負責出使楚國，楚王幾次想要羞辱他，但是都被他巧妙的化解。

一開始楚王命人在城門旁邊挖了一個小洞，晏嬰抵達的時候，守城的士兵故意緊閉城門，叫晏嬰從小洞進去，晏嬰馬上應道：「可這是狗門啊，只有出使狗國才會走狗門，出使人國當然要走人門。」

楚王只好趕快命士兵打開大門請晏嬰進城，否則豈不是承認堂堂楚國是狗國了？

等到進了王宮，楚王看看晏嬰，故做驚奇的問道：「貴國怎麼會派像你這樣的人來做使者，難道貴國就沒有人才了嗎？」

晏嬰聽了，若無其事地說：「我們國家的人才可多著呢！不過，我們國君

在派遣使者的時候從來不看容貌外表，而是以才能為準則，總是把優秀的派到出色的國君那裡，然後把糟糕的派到無能的國君那裡，而我因為正

好是最沒有才能、最沒有出息的一個，所以就被派到你們楚國來了。」

言下之意無非是，如果你覺得我不行，那是因為您不行啊。這麼一來，楚王就不敢再挑剔晏嬰了。

稍後，一個囚犯被綁著從殿下經過，押解犯人的武士向楚王報告說這人犯了盜竊罪，還特別強調這是一個齊國人。楚王就問晏嬰：「難道你們齊國人都是天生愛偷人家東西的嗎？」

擅長比喻的晏嬰立刻回答道：「橘這種植物只生長在淮河以南，如果是生長在淮河以北，儘管植物本身看上去還是一樣，但由於果實的味道完全不同，所以就不叫做『橘』，而叫做『枳』，為什麼會這樣呢？這是因為水土環境不同所導致的啊，這就好像齊國人在齊國的時候本來是不盜竊的，如今來到楚國卻幹起這種勾當，想來也是因為環境不同才讓他變壞了吧。」

（這就是成語中「橘化為枳」的典故，強調環境的重要，比喻一個人會因為受到環境的汙染而變壞。）

說得楚王啞口無言，心生慚愧，好半天才很不好意思地說了一句：「哎，真是智者不可辱啊。」後來在晏嬰要返回齊國的時候，楚王還準備了厚禮表示歉意。

晏嬰就是這樣靠著過人的機智，維護了國家的尊嚴，同時也贏得楚王對自己的敬重。

要注意的是，晏嬰并不僅僅只是腦筋轉得快、或者只是會耍嘴皮子而已，他是一個有情有義、滿懷仁心，經常把俸祿送給親戚好友和勞苦大眾，並且道德高尚、生活簡樸的人，齊景公幾次要送他華服、車馬、住所，甚至說晏嬰的妻子又老又醜，想把自己年輕美麗的女兒嫁給晏嬰，可晏嬰都堅決不受。尤

其是妻子，晏嬰對齊景公說，妻子現在雖然是老了，但從前也年輕過、漂亮過啊，當年她把終身託付給自己，自己也接受了她的託付，現在怎麼能夠因為君王的恩賜就背棄妻子當年的託付呢？

晏嬰為人正派，屢次對齊景公直言相諫也經常傳為美談。比方說，有一回晏嬰和另外兩個臣子陪同齊景公一起去牛山遊覽，美景當前，齊景公忽然有所感觸，竟哭著抱怨為什麼任何人都不免終要一死，只要一想到將來自己也要離開眼前這樣的美景而死去，真是讓人好不傷心啊！另外那兩個臣子見齊景公哭了，趕緊也跟著一把眼淚一把鼻涕，哭得稀里嘩啦，只有晏嬰在一旁兀自發笑。齊景公看了很不高興，就問，你笑什麼呀！晏嬰回答，如果自古以來人可以不死，只怕現在太公、丁公都還在（「太公」是指姜子牙，「丁公」則是指太公的長子），那麼他們不是將永遠的擁有齊國，而桓公、襄公、文公、武公等等一大堆英雄豪傑也一定都仍在為太公、丁公效命，哪裡還會有您的位子，只怕您就將穿著粗衣、戴著斗笠，在田地裡忙碌勞動，哪有這個閒工夫來憂慮生死問題哩！此刻您居然會為了這種事而流淚，這是不符合仁義道德的，所以啊，我見到了一個不仁道的國君以及兩個只懂得諂媚的臣子，當然就覺得可笑了。說得齊景公真是既尷尬又慚愧。

還有一次，齊景公有一匹心愛的馬忽然死了，齊景公大怒，下令要將負責養馬的人抓起來肢解，晏嬰上前說，殺人也得有個方法，他想知道堯舜時代肢解人的時候是從身體的哪一個部位開始？這一問，齊景公就知道晏嬰的意思了，因為堯舜都是傳說中的仁君，怎麼可能會肢解人，便說，好吧，那就不肢解了吧，把這個可惡的傢伙交給獄官去處死好了，晏嬰又說，是啊，這個人確實該死，不過他恐怕還不知道自己究竟犯了什麼死罪，請讓我就說說他、告訴

他吧，接著，晏嬰就一本正經對養馬人說，你犯了三條大罪，一，國君讓你養馬，你卻把馬給養死了，該死；二，死掉的馬是國君最喜歡的一匹馬，該死；三，因為你沒有把馬兒照顧好、把牠養死了，害得國君為此而殺人，百姓知道以後一定都會怨他，諸侯聽說之後也一定都會輕視我國，你可真是該死呀！晏嬰說到這裡，齊景公就嘆了一口氣，不好意思的說，哎，算了算了，把他放了吧！我可不想因此而毀了我的仁愛之名哪。

在《晏子春秋》這本書裡，記載著很多類似這樣機智的小故事，主題都是晏嬰深入淺出的勸告君主要勤政，愛護百姓，不要貪圖享樂，還要任用賢能等等，處處彰顯晏嬰的智慧、勤懇和苦心，讀來都很有意思。

范蠡

商聖兼文財神

（西元前536—前448年，春秋末年）

在全球華人社會如果要票選一位「最受歡迎的神祇」，不管在哪裡，相信「財神爺」應該都是名列前茅，每年農曆春節無論是大年初二要「祭財神」或是初五要開門「迎財神」也都是流傳許久、極其普遍的習俗。

長久以來，民間傳說中的財神爺不止一位，基本上有「文財神」和「武財神」之分，「武財神」有趙公明（道教神明，傳說是鍾馗的老鄉）和關公，「文財神」也有兩位，一位是商朝被暴君紂王所殺害的忠臣比干，紂王下令挖出比干的心，說想看一看比干的心有沒有七竅，而沒有了心，就沒有了「心眼」，自古以來大家都認為「無商不奸」，既然比干沒有心眼，就被賦予正面的意涵，商家供奉比干就表示自己做生意講求誠信，包括賣東西絕不缺斤少兩，保證正派經營等等；另外一位「文財神」則是春秋末年的范蠡，被稱為「商聖」，是中國歷史上早期的商業理論家兼實踐家，由於在他六十八歲到齊國經商之後，曾經三次發財，又三次散盡家財來幫助許多窮苦的人，所以被尊為財神爺。

范蠡相當長壽，過世的時候是八十八歲。其實商人的身分只是他接近晚年的那二十年，在從商之前他是一個政治家，同時也是軍事家、經濟學家以及道家學者。縱觀他的一生，最值得大書特書的成就，就是成功輔佐越王句踐（約西元前520—前465年）完成復國。

范蠡是春秋時期楚國宛地三戶人（今河南淅川縣滔河鄉），雖然出身貧賤，但是博學多才，與楚宛令文種相識之後，相交很深，後來他們因為不滿當時楚國政治黑暗、階級森嚴、非貴族不得入仕的現狀，便一起投奔越國。日後在魯哀公三年（西元前494年），句踐兵敗於會稽山後，兩人開始成為句踐身邊非常重要的謀臣，此時范蠡四十二歲。

經過「十年生聚，十年教訓」，越王句踐在文種、范蠡諸臣的輔佐之下，終於在二十年後（魯哀公二十二年，西元前473年年底），一舉滅了吳國，吳王夫差自殺。

為了達到復國的目的，在這二十年之間，范蠡做了一系列的舉措，簡單來講就是一方面讓越國暗中重新振作，另一方面則盡力消磨敵方吳國的意志，讓敵人放鬆戒備。比方說，先做好經濟建設，穩定社會；協調國內各方政治勢力，凝聚共識；建議句踐盡可能展現親民的作風，有人生病，句踐親自去探望，有人過世，句踐親自去協助辦理喪事，有人家裡發生了變故，立刻免除徭役，逐步籠絡了人心，為復國打下了堅實的基礎。

當然，還要悄悄緩慢恢復和鞏固越國的軍事力量，包括重視軍隊訓練、提高士氣、增加戰鬥力等等。至於在不動聲色一點一滴迷惑和瓦解夫差意志這方面，范蠡也下了不少功夫，譬如在重新建城的時候，面對吳國的方向特意不築城牆，表示臣服，此外也投其所好，不斷送給夫差很多好東西，並進獻美女。

其中有一位美女就是西施，民間也有不少人稱她為「西子」，北宋蘇軾著名的詩句「欲把西湖比西子，濃妝淡抹總相宜」，裡頭所說的「西子」，指的就是西施，她是中國四大美人之首。蘇軾的意思是說，西湖無時不美，晴天雨天都各有景致，就像美麗的西施，無論濃妝或是淡妝都很漂亮一樣。

現在我們重點來了解一下范蠡的經濟建設，他在將近兩千五百年以前的春秋末年就提出了「農末俱利」的思想，對於後世有很大的啟發意義，這個思想的精髓在於通過機動性的調整糧食價格，使其保持在一定的、合理的範圍之內，這樣既可促進農業生產，又有利於工商業的蓬勃，否則「穀賤傷民，穀貴傷末」，意思就是稻穀價格若太低會傷害農民，若太高又會傷害商人，兩種情況都同樣不利於市場以及國家整體經濟的發展。也就是說，范蠡明白要想促進生產和市場流通，必須靠經濟手段而不是行政命令，更何況很多行政命令還是自以為是、閉門造車、脫離現實的，除了引發民怨，不會有什麼積極的作用。

那麼，要怎麼樣才能把物價控制在一定的範圍之內呢？范蠡主張用「平

糶」的方法，「糶」（音同「跳」）就是米，就是說豐收的時候國家就把糧食收購儲藏起來，碰到歉收缺糧時國家再把糧食平價賣出，這樣市場供需就能保持平衡，連帶物價也就自然能夠保持平穩。後來戰國時期魏國著名的政治改革家李悝（西元前455—前395年）以及漢代設「常平倉」，都是延續范蠡這個高明的平糶政策。

魯哀公二十七年（西元前468年），越王句踐不僅完成復國目標，還成就了霸業，范蠡覺得任務完成就毅然決然的離去。長久以來，民間傳說都說他是帶著西施走的。范蠡和西施的愛情故事也一直是不少文學作品中喜歡著墨的題材，實際上只能作為虛構的故事來欣賞。

但無論如何，范蠡在功成名就之後就急流勇退離開了越國這一點是真實的，由此也展現出他的魄力和智慧。他還曾經勸老友文種也趕快離開，因為

「飛鳥盡，良弓藏；狡兔死，走狗烹」，意思是說，當飛鳥都被射殺完了，再好的弓箭也會被收起來，狡猾的兔子一旦被抓完了，再好的獵犬也就毫無用處，只有等著被烹煮了。范蠡還說，越王句踐頸子很長，嘴巴像鳥嘴一樣，如此面相的人總是為人陰險，工於心計，可以共患難卻不能同享樂。文種後來果真被句踐賜死，益發凸顯范蠡的真

知灼見，行動果斷。「鳥盡弓藏」也成為一個俗語，比喻在一件事情大功告成以後，曾經出過力的人都不會有好下場。事實上，日後歷代開國功臣的命運確實普遍都不太好，譬如漢朝和明朝的開國皇帝都是布衣天子，可在王朝建立以後都發生了誅殺功臣的事。

離開越國以後，范蠡就定居在宋國的陶丘（今山東省菏澤市定陶區南），自號陶朱公。

世人如此評價范蠡：「忠以為國，智以保身，商以致富，成名天下」。這位財神爺，著實不簡單啊。

商鞅
變法圖強

（西元前390—前338年，戰國時代）

商鞅是著名的政治改革家，先秦法家的傑出代表。在中國歷史上，改革鮮少成功，商鞅變法卻是難得取得了澈底的成功。

商鞅生於衛國，姬姓，公孫氏，是戰國時代中期衛國國君的後代，所以又稱公孫鞅或衛鞅，之所以會以「商鞅」這個名字留載史冊，是因為他後來到了秦國，因為變法有功，被封為「商君」的緣故。

商鞅在青年時期就深受魏國法家先驅李悝的影響，立志改革。西元前365年左右，二十五歲的商鞅到了魏國，想要尋求發展，但是在魏國待了四年，並沒有受到魏惠王的重用。直到西元前361年，秦國國君孝公即位，下令求賢，商鞅十分動心，兩年之後果真到了秦國，透過秦孝公寵臣景監的推薦，見到了秦孝公。

景監的生卒年不詳，留在歷史上最值得大書特書的一件事就是向秦孝公引薦了商鞅。

秦孝公（西元前381—前338年）即位的時候是二十一歲，此時周王室已經式微，諸侯間紛紛武力相向，互相征伐併吞，黃河和肴山以東的戰國六雄已經形成，在淮河和泗水之間則有十多個小國，由於秦國地處偏僻的雍州，不參加中原各國諸侯的盟會，久而久之就被諸侯們所疏遠，甚至像是夷狄一樣的被對待，這樣的現況令年輕氣盛的秦孝公非常不滿，發誓要恢復祖先秦穆公時代的光榮，秦穆公（西元前683—前621年）可是被不少史家稱為「春秋五霸」之一哪。於是，秦孝公就頒布了求賢令，表示不管是本國人或外國人，只要是人才，懂得富國強兵之道，一律重用。

就是這樣的求賢令，強烈吸引了在魏國不得志的商鞅。

來到秦國的這一年，商鞅三十一歲。

景監在聆聽了商鞅的富國強兵之道後，大為折服，立刻向秦孝公大力推薦，秦孝公也很快便高高興興滿懷期待的接見，可是，這次的會面可以說非常失敗，秦孝公聽得瞌睡連連，事後還責備景監，你給我推薦的是什麼人啊！景監自然頗為心慌的埋怨商鞅，商鞅說，我給大王說了很多以堯舜為代表的帝道

治國呀。

「帝道」其實就是黃老學說，講究無為而治，再說對於秦孝公而言，堯舜都是傳說中上古時代的人，年代太過久遠，因此秦孝公一點興趣也沒有。

過了幾天，秦孝公又見了商鞅一次，這回商鞅

依然滔滔不絕，可秦孝公聽著聽著還是提不起興趣，事後又責怪了景監一頓，景監也很生氣，質問商鞅到底跟秦孝公胡說八道了些什麼，商鞅說，我說的是王道呀。

「王道治國」是已經經過兩千多年所延續下來的成規定制，最成功的範例就是西周禮制。對於一心奮發圖強、希望能夠盡快看到成果的秦孝公來說，這番充滿儒家思想的高論他自然也不愛聽。

商鞅向景監保證，就快進入正題了，請景監幫忙再安排一次面見秦孝公。秦孝公意興闌珊，拖了好幾天才勉強第三次接見商鞅。這一次商鞅開始向秦孝公大談「霸道」，就是以法家為核心，對內嚴刑峻法，對外則採取軍國主義。商鞅同時還分析當時三大強國魏國、齊國和楚國變法的成功與弊端，分析得頭頭是道。這番內容總算對了秦孝公的胃口，秦孝公聽得非常入迷，不知不覺膝蓋一直往前移，都沒發覺自己不知道什麼時候竟然離開了座席。

西元前356年，也就是商鞅到了秦國之後的第三年，擔任秦國的左庶長，開始第一次變法。變法之初，有一個很有名的故事，就是「立木取信」。商鞅頒布新法之後，為了取信於民，特意在京都南門外立了一根三丈長的木竿，然後張貼布告，宣稱誰可以把這根木竿移到北門，就賞十金，老百姓們看到這張布告，都嘖嘖稱奇，直呼荒唐，並且紛紛爭相走告，當成是一個笑話，沒有一個人相信，不久，商鞅又提高賞金，宣稱不管誰只要把木竿移到北門，就賞五十金，終於，有人禁不住高額賞金的誘惑，動手把那根木竿移到北門，結果商鞅立刻當眾獎賞五十金，群眾為之譁然，商鞅也因此展現了新法的嚴肅性。

在商鞅主政之下，變法短短幾年便卓有成效，商鞅也升任為大良造（相當於丞相的地位）。西元前350年，秦孝公遷都至咸陽，商鞅進一步變法。

縱觀商鞅兩次變法，內容概括起來大致有六個方面：一，編制戶籍，五家為「伍」，十家為「什」，實行「連坐」，讓各家互相監督，一家犯法，其他各家必須告發，否則就與犯人同罪；二，獎勵軍功，廢除舊有的世卿世祿制度，以此來激發秦國人在戰場上奮勇殺敵之心，達到強兵的目的；三，發展生產，重農抑商；四，廢井田，承認土地私有，允許買賣；五，廢除分封，普遍實行縣制，每縣設縣令或縣長，作為地方行政長官，由國君任免；六，統一度量衡。

商鞅在第一次變法以後，十年之間秦國的社會制度發生了急劇的變化，秦國在政治、軍事、經濟各方面都趕上甚至超過了東方六國，商鞅的施政確實達到了富國強兵的目標，使得秦國成了「戰國七雄」之一。但也由於商鞅為人刻薄寡恩，在推行新法時手段往往過於嚴厲，經常發生「輕罪重判」的事，同

時，為了維護新法的法紀尊嚴，又不免引起貴族階層的不滿，尤其是還開罪了太子駟，為自己埋下了嚴重的後患。西元338年，秦孝公過世，太子駟即位，是為秦惠王，商鞅立即失勢，終於被「車裂」而死，享年五十二歲。所謂的「車裂」就是五馬分屍，是古代一種極為殘酷的刑罰。

在遭到如此悲慘的下場之前，商鞅曾經試著出逃，逃到關下時因為已是黃昏，守城士兵說，商君有令，黃昏後如果不是為了公事不得出城，商鞅無奈之下只得去投宿，可是旅店老闆也不敢隨便收留他，說商君有令，如果收留身分不明人士就要被殺頭。走投無路的商鞅，仰天長歎，唉！我這真是作法自斃啊！

這就是成語「作法自斃」的典故，比喻一個人自作自受。

奇貨可居
呂不韋

（西元前292—前235年，戰國末年）

呂不韋是中國歷史上的一位奇人。他的本質是一個精明的商人，他用商人的頭腦再加上出色的口才來從事政治，成績不凡，後來官至秦國的丞相。

至少有兩個成語是與呂不韋有關，分別代表了呂不韋兩個不同的階段。

第一個成語是「奇貨可居」，意思是說把市面上稀少的貨物囤積起來，等待高價再賣出。

呂不韋是衛國濮陽人（今河南省安陽市滑縣人），經常往來各地，靠著經商累積了可觀的家產。有一回，呂不韋去趙國的首都邯鄲做生意，回來以後跟父親閒聊，您覺得耕田可以獲利幾倍呢？父親說，十倍吧，呂不韋又問，販賣珠玉可以獲利幾倍呢？父親說，應該有百倍，呂不韋接著再問，那如果立一個國家的君主可以獲利幾倍呢？父親說，這個呀就無法估算了，因為這可獲利無數倍啊。

這時，呂不韋就說：「如今努力耕田勞作還不能達到豐衣足食，若是擁君建國則可澤被後世。我決定要去做這筆買賣。」

這是因為他在邯鄲的時候認識了異人，異人在呂不韋的眼裡就是一個「奇貨」，是他想要做這個「擁君建國」大買賣的資本。

異人是秦國太子安國君的兒子，生母是夏姬，母子二人都不受安國君的喜愛。安國君有二十幾個兒子，唯獨異人被送到趙國首都邯鄲作為「質子」；在春秋戰國時期，諸侯之間經常會互相把兒子質押給盟國，作為兩國保持和平的一種保證，實際上這種保證非常脆弱，一旦兩國發生戰事，質子立刻就有生命危險，所以可想而知國君都是把那些不太重要、彷彿可有可無的兒子送到別的盟國去做質子。異人在趙國做質子，除了擔心受怕，平常的生活也頗為困窘，可是呂不韋卻從他的身上看到了一個巨大的商機。

呂不韋不僅眼光獨到，做事也很有計畫，他想要完成這筆大買賣其實難度是很高的，因為牽涉到很多的人、必須打通許多許多的關節，還要能夠隨機應變，但是他發揮高超的謀略和口才，硬是一步一步的做到了。

第一步是跑到秦國見到了陽泉君，陽泉君是華陽夫人的弟弟，再透過陽泉君見到了華陽夫人，然後刺激華陽夫人，引起她強烈的危機意識。原來華陽夫人是安國君最寵愛的女人，可惜沒有兒子，因此呂不韋說動華陽夫人不妨把身在趙國的異人認做義子，作為自己日後的保障。這個目標達成以後，華陽夫人就把異人改名為「楚」，也有的說法是「子楚」。

第二步是讓華陽夫人對安國君下功夫，把子楚給接回秦國，同時呂不韋也想辦法勸說趙王，說基於長久的利益不如盡早放了子楚。就在交涉期間，秦趙兩國忽然發生了戰事，此時仍在趙國的子楚慌了，因為他的處境一下子就變得非常危險，按慣例在這樣的情況之下，質子是很難保住性命的，後來他們趕緊拿出六百斤金子送給守城的官吏，子楚這才得以脫身，逃到秦軍大營，稍後順利回國，而他的妻兒則在戰火中的邯鄲躲了起來。

子楚的妻子原本是呂不韋的一個姬妾，非常美麗，又能歌善舞，子楚在呂不韋家見到她以後非常傾心，就向呂不韋索要，呂不韋給了。後來，此女生下一個兒子名叫政，這就是日後的秦始皇，所以稗官野史總會說秦始皇是呂不韋的私生子。

西元前251年，昭襄王去世，太子安國君繼位為王，是為秦孝文王，華陽夫人為王后，子楚就理所當然的成為了太子，這時趙國也護送子楚的妻子和兒子嬴政回到了秦國。

秦孝文王即位以後僅僅過了三天便突然過世，子楚即位，是為秦莊襄王。這一年呂不韋四十二歲，他籌劃多年、投資不菲的大買賣終於做成了。

原本是商人的呂不韋也就這樣順理成章進入了秦國的政治核心。西元前249年，秦莊襄王以呂不韋為相國，封文信侯，食邑河南洛陽十萬戶，門下有食客三千人，家僮萬人。果然是大投資有大回報。兩年後秦莊襄王過世，年幼的太

子政登基為王，呂不韋更是權傾天下，號稱「仲父」。

呂不韋執政時期曾攻取周、趙、衛的土地，立三川、太原、東郡，對日後秦王嬴政兼併六國的事業有重大的貢獻，不過後來因為嫪毐集團叛亂的事受到了牽連。不過，關於嫪毐事件，呂不韋并不無辜，因為嫪毐就是他設計安排到宮中的。在莊襄王死後，呂不韋看趙太后孤身一人，便投其所好，讓嫪毐假冒宦官，混進宮中來陪伴趙太后。不久，嫪毐因為深得趙太后的喜愛，逐漸把持了政務，朝中官員也都紛紛爭相巴結，依靠他的賓客也達到一千多人，慢慢就形成一股不可小看的政治力量。

西元前238年四月，按照秦國制度，年滿二十二歲的嬴政在秦故都雍城的新年宮舉行冠禮，正式親政。就在嬴政舉行冠禮當天，嫪毐趁機發動暴亂，但是嬴政早有戒備，不但立刻命昌平君等人率軍鎮壓，還活捉了嫪毐。五個月以後，嫪毐被殘忍處死，誅滅三族，此外，嬴政還殺了嫪毐和趙太后的兩個私生子，至此，以嫪毐為首的后黨集團完全被消滅。

一年後呂不韋被免除了相國的職位，並且被轟出了首都咸陽。

又過了一年多，由於得知各個諸侯國拜訪呂不韋的使者絡繹不絕，秦王嬴政擔心呂不韋不知何時會發動叛亂，下令呂不韋舉家遷蜀，呂不韋飲鴆自盡，結束了自己傳奇的一生，享年五十七歲。

呂不韋在文化上還有一大貢獻，那就是主持編纂了《呂氏春秋》（又名《呂覽》），共二十幾萬言，匯合了先秦各派學說，「兼儒墨，合名法」，故史稱「雜家」。這個「雜」並不是貶義詞，并不是「雜亂無章」的意思，而是指「兼收並蓄，博採眾家之長，再用自己的思想將其貫穿」。書成之日，呂不韋將書懸於國門，聲稱只要有人能從中改動一個字就獎賞千金。這就是成語

「一字千金」的典故。

其實《呂氏春秋》既是呂不韋的治國綱領，也提供當時即將親政的秦王嬴政一個很好的參考，只可惜由於秦王政非常厭惡呂不韋，以至於對《呂氏春秋》也不屑一顧。無論如何，《呂氏春秋》時至今日都還是後人了解戰國諸子思想的重要資料。

李斯

晚節不保

（約西元前284—前208年，戰國末年、秦朝初年）

放眼中國歷史，能對後世產生深遠影響的人物畢竟是少數，李斯絕對算得上是一個。因為秦朝的歷史雖然很短，只有短短的十四年（西元前221—前207年），但秦始皇所執行的諸多重要措施，包括中央集權制度，都被後面的朝代所沿用，可以說影響了中國兩千年左右的歷史，而這些措施泰半都是出自李斯

之手。

李斯是戰國末年楚國人，年輕時做過掌管文書的小吏。有一天，他看到廁所裡的老鼠總是一看到有人或是狗出現就必定立刻慌忙的逃走，聯想到米倉裡的老鼠不僅一隻隻吃得又大又肥，生活也十分安逸，不會受到人或狗的驚擾，因而發出一番感慨，認為一個人有沒有出息，其實是由自己所處的環境所決定的。於是，李斯辭去了那份小吏的差事，來到齊國求學，拜荀子（西元前313—前238年）為師。

在人性的問題上，荀子提倡「性惡論」，因此經常被人拿來跟孟子（西元前371—前289年）的「性善論」做比較；荀子否認天賦的道德觀念，主張人性有惡，強調後天環境和教育的重要，關於政治則比較接近法家的思想，也是研究所謂的「帝王之術」。李斯學成之後，比較了一下當時各個諸侯國的現狀，認為東方六國皆弱，而他的祖國（楚國）的國君也很平庸，因此決定要往西去秦國求發展。

到了秦國以後，李斯很快就得到秦相呂不韋的器重，做了一個小官，有了接近秦王嬴政的機會。一次，李斯對秦王說，凡是能做大事的人都必須懂得抓住時機，過去在秦穆公的時代，雖然秦穆公很有能力，已是春秋五霸之一，但最終未能完成統一大業，主要是因為當時的時機還不成熟，然而自秦孝公以來，由於周王室的日益衰落，再加上各個諸侯國之間又征戰不斷，秦國這才有機會強大起來，如今戰國七雄中就數秦國的實力最強，所以現在就是一個完成帝業、一統天下的大好時機。李斯甚至把消滅六國比喻成「就像掃除灶上的灰塵那樣容易」。

此時年輕的秦王嬴政正一心鋭意進取，這番看法自然十分契合秦王的心

意，便任命李斯為長史（這是一種幕僚性的官員），然後採納李斯的計謀，派遣謀士帶著貴重的金銀珠寶去遊說關東六國，離間各國的君臣，為日後兼併六國做準備。不久，秦王又任命李斯擔任客卿。「客卿」也是一個官名，專門用來指那些擔任高級官員的外國人。

在秦王嬴政十年（西元前237年），由於一樁間諜案，秦王大怒，一氣之下竟下令要驅逐來自六國的客卿。這麼一來，李斯也在應被驅逐的範圍之內。李斯及時上了一篇著名的《諫逐客書》加以阻止，大意是提醒秦王，「泰山不排斥泥土，才能堆積得那麼高大；河海不挑剔細小的溪流，才能變得如此深廣；而成就王業的人不拋棄廣大的民眾，才能顯出他的盛德」，李斯並且歷數秦國的歷史，指出以往歷代秦王都是任人唯賢，並不在意到底是不是本國人，後來事實證明這些客卿也確實都對秦國的強盛做出了很大的貢獻，譬如秦穆公重用來自楚國的百里奚（生年不詳，卒於西元前621年）等等、秦孝公重用來自衛國的商鞅，都是很好的例子。

秦王冷靜下來想想，覺得李斯說得很有道理，就立即收回成命，取消了逐客令，李斯也仍然受到重用，被命為廷尉（為九卿之一，負責掌刑獄，是主管司法的最高官員）。

後來，在秦王嬴政十年兼併六國的戰爭之中，李斯發揮了很大的作用。西元前221年，秦國終於一一滅掉了六國，完成統一，此時六十三歲的李斯被任命為丞相。

除了與其他官員一起制定禮儀制度，包括議定今後要尊秦王嬴政為皇帝之外，李斯還有許多措施都在歷史上留下了深遠的影響。

比方說，在政治上廢除過去分封的做法，把全國分為三十六郡，郡以下為

縣。這樣可以從根本上剷除諸侯國分裂割據的禍根，有利於鞏固國家統一，實際上就是中央集權制度。這套制度在秦朝以後被歷朝歷代所採用，一直沿用了兩千年左右。

在文化上，李斯建議既然已經一統天下，從此就應「書同文」，禁用各個諸侯國之前所使用的古文字，秦始皇就命李斯負責創製一種嶄新的官方標準字樣，這就是小篆，或稱秦篆。

在經濟上，李斯上奏秦始皇，為了促進王朝經濟的交流和發展，建議廢除六國舊制，把度量衡從之前混亂不清的情況之下明確和統一起來。後來兩千多年以來，無論朝代如何更迭，秦朝初年所定下來的計量方法一直都沒有改變，直到今天現代社會也仍然見得到它們的身影，譬如一斤是十六兩，因此才會有「半斤八兩」一的說法。

李斯還建議廢除原來在秦國以外通行的六國貨幣，在全國範圍內採用統一貨幣，更關鍵的是，還規定貨幣的鑄造權歸國家所有，私人不得鑄造，違者定罪等等。此舉雖然對秦朝的經濟發展似乎看不出有什麼多大的影響（或許也是因為秦朝是一個短命王朝吧），但對於後世的影響非常巨大，史家認為這是中國經濟史上的一大創舉。而由李斯主持鑄造的圓形方孔的半兩錢，由於造型設計合理、使用攜帶起來也很方便，還一直使用到清朝末年，俗稱「秦半兩」。

此外，李斯還建議拆除郡縣城牆，銷毀民間的兵器，主張焚燒民間收藏的《詩》、《書》等百家語，禁止私學，統一車軌等等，可以說凡是秦朝諸多重大政治舉措，裡頭都有李斯的身影。這個「外國人」李斯，為了建設秦朝真是奉獻了很大的心力，當然，他自己及其家族也得以享受到一般人豔羨不已的榮華富貴，他的兒子們娶的都是秦國的公主，女兒們嫁的也都是皇族子弟。

有一次，擔任三川郡守的長子李由請假回咸陽，李斯在家中設宴，文武百官都前來向李斯敬酒祝賀，門前的車馬數以千計，李斯忽然頗為感觸的說，哎呀，以前荀卿曾經說過事情不要搞得太過頭，我本是楚國上蔡的平民（上蔡是今河南駐馬店市上蔡縣），如今在秦國飛黃騰達，做臣子的沒有人比我的職位更高，可說已發達到了極點，然而任何事物一旦發展到極點自然就要開始衰落，不知道將來我的命運會是如何？

後來，李斯的下場頗為悲慘，但是這都要怪他自己太過戀棧權位，以至於抵擋不了趙高的誘惑，受到趙高的利用，竟然在秦始皇死後與趙高合謀，偽造遺詔，迫秦始皇長子扶蘇自殺，立少子胡亥為二世皇帝（史稱「沙丘政變」）。不久之後當趙高不再需要他了，李斯的死期也就到了。

秦二世二年（西元前208年），這位傑出的政治家、文學家和書法家，在七十六歲高齡被腰斬於咸陽鬧市，緊接著三族也都慘遭抄斬。

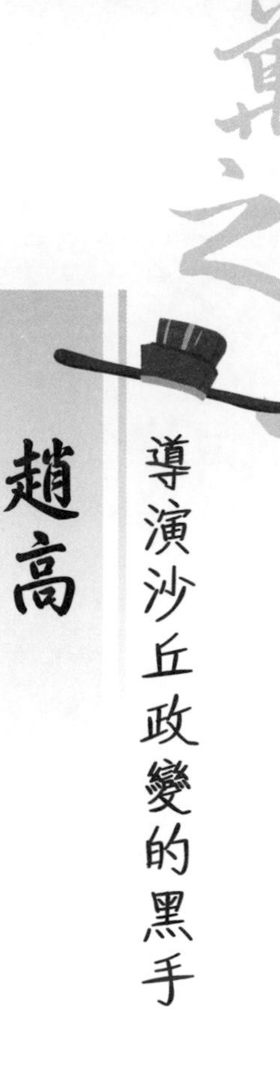

趙高

導演沙丘政變的黑手

（生年不詳，卒於西元前206年）

趙高是中國歷史上第一個嚴重危及國家政權的大宦官。他的野心很大，竟然還想當皇帝，甚至後來都真的坐上龍椅了，只不過一坐上龍椅就沒來由的忐忑不安，完全出乎他自己的意料之外，他這才發覺原來自己不配坐在這個位置上，只得主動讓出帝位，想找一個傀儡來當皇帝，不料卻因此而送了命。

趙高原是趙國貴族，因父親犯罪，全家都受到了牽連；母親被處死，趙高和其兄弟都受宮刑而成為宦官。秦始皇看趙高身強力壯，多才多藝，精通書法、文學和獄法，對他頗為欣賞，便收入宮中，讓他負責少子胡亥的教育問題，這時趙高大約二十三歲。

從此趙高便依附著胡亥，漸漸得寵，四十歲左右便升任中車府令，兼行符璽令，常侍從秦始皇。

「車府令」是古代執掌乘輿之官，因為趙高是一個宦官，宦官又被稱為「中人」，所以趙高擔任的這個職務就叫做「中車府令」。

中車府令是太僕的屬下，太僕負責掌管帝國的車馬交通事宜，以今天的概念來看就像是交通部長。而中車府令雖然只是一個中級官吏，但職務相當於皇帝的侍從車馬班長，負責皇帝的車馬管理和出行隨駕，甚至會親自為皇帝駕車，所以這個職位雖然表面上看不怎麼重要，可必定是皇帝的心腹才能夠擔當。

更何況趙高還同時擔任了「符璽令」，負責掌管皇帝的「符」和「璽」，這兩者可是非常重要，是皇帝要傳達命令以及調兵遣將的憑證。趙高受秦始皇信賴的程度以及他所處位子的重要性，由此可見。

也就是因為趙高具有符璽令的身分，他才有機會導演了「沙丘政變」，在他生命的最後三、四年之內真可說是翻雲覆雨，澈底改寫了秦朝的歷史。

西元前210年，秦始皇命右丞相馮去疾留守咸陽，帶著左丞相李斯出巡，少子胡亥和中車府令兼符璽令趙高隨行。途中秦始皇病倒。翌年七月，在從江南返回咸陽時，在平原津（今山東平原縣南），秦始皇病情加劇，生命垂危。原本秦始皇在彌留之際已經安排好了後事，叫來李斯和隨身的幾個宦官留下一封信給當時正在外監軍的長子扶蘇，讓扶蘇立即趕回咸陽參加葬禮，並且繼承皇位。然而，職掌符璽大權的趙高竟然膽大妄為扣押了這封信，打算伺機而動。

他果真很快就看到了機會。由於李斯擔心一旦秦始皇病故的消息傳出之後會引起國人震動，決定先祕不發喪，將秦始皇的屍體還是放在轀輬車裡（這是一種可以躺下來的車子），每天命人照常送水送飯，讓百官也每天依然奏事，營造出秦始皇還在世的假象。此時正是盛夏，屍體腐爛得快，轀輬車很快便傳出臭味，李斯還趕緊叫人買來大量的腌魚乾，用腌魚乾濃濃的腥味來加以混淆。趙高見李斯如此煞費苦心，意識到有機可趁，便在沙丘夜訪李斯，利用李斯戀棧權位、與扶蘇身邊大將蒙恬又有心結的弱點，慫恿李斯篡改秦始皇遺詔，一起發動政變。

李斯聰明一世，在這個關鍵時刻偏偏一念之差，被趙高給說動，上了趙高的賊船。

於是，趙高、胡亥和李斯合謀篡改秦始皇遺詔，把那封叫扶蘇回來繼承皇位的信，改為斥責扶蘇北方監軍無功，命其自殺，同時還將蒙恬賜死。假的遺詔發出之後，他們便日夜兼程盡快趕往咸陽，等一回到咸陽，扶蘇自殺的消息正好傳回京師，他們的詭計就此得逞。緊接著胡亥即位，是為秦二世皇帝。趙高因為擁立胡亥登基有功，當了郎中令，直接控制了宮廷的禁衛軍。

秦始皇有二十幾個兒子，如今居然由年齡最小、又很平庸的胡亥繼位，很多宗室大臣都很不服，心生懷疑的也大有人在。秦二世為了樹立權威，便以各式各樣的藉口大開殺戒，不僅把自己的二十多個手足全部殺光，就連原來父親身邊的近侍小臣也統統處死。

與此同時，趙高還假惺惺的對二世表示忠心，說願意為他分擔重責大任，輔佐他處理政事，讓二世只要安心待在宮裡盡情享受就好。二世樂得輕鬆，心中大喜，根本想不到趙高此舉是在把自己給孤立起來，於是對趙高言聽計從，把所有朝政都委託趙高來代為處理。

就這樣，沒過多久就連丞相李斯也見不到皇上。見趙高如此胡來，李斯非常不滿，上書皇上，想提醒皇上提防趙高，不過，反而很快就被老奸巨猾的趙高提前一步給害死了。

除掉李斯之後，趙高就當了丞相，因為他是宦官，能出入宮禁，所以人稱「中丞相」。這個時候的趙高已經不把二世放在眼裡，開始謀劃要奪取政權了。

為了弄清楚到底還有哪些人對自己有意見，一天，趙高在上朝時向二世獻上一匹千里馬，二世一看便笑道，你這是在開玩笑嗎？這是一頭鹿呀！趙高卻一本正經的說，怎麼會呢？這明明是一匹千里馬，皇上怎麼會認錯呢？不信的話，皇上就問問在場的文武百官好啦，看看這到底是一匹馬還是一頭鹿。

這就是成語「指鹿為馬」的典故，形容顛倒黑白。

在這場鬧劇過後不多久，趙高便逼死了二世，然後把皇帝的玉璽佩在身上，得意洋洋的坐到了皇帝的寶座上去。

不過，誠如前面所述，趙高一坐上龍椅就自感不配，於是馬上調整做法，一方面以當時已經天下大亂為由，認為「山東土地已非秦所有，秦國不能稱皇帝，只能稱秦王」，另一方面則計劃要扶立秦始皇的弟弟（一說為堂弟）子嬰為王，做自己的傀儡。

子嬰故意擺架子，稱病不就位，非要讓趙高親自來請。心急的趙高果然中計，結果才剛剛一到子嬰家，立刻就被子嬰給殺了。

殺了趙高以後，子嬰即秦王位。不過，他只當了四十六天的秦王，就成了劉邦的俘虜，秦朝也就這樣滅亡了。

識人之明 蕭何

（西元前257—前193年，漢朝初年）

蕭何是沛縣人（今江蘇沛縣）。他勤奮好學，反應敏捷，早年做過沛縣縣吏，後來無論是輔佐劉邦打天下，以及漢朝初年擔任丞相從事政務，建設王朝，都有很大的功勞。

蕭何性情隨和，喜歡交朋友，年輕時包括泗水亭長劉邦（西元前256—前

195年）、屠夫樊噲（西元前242—前189年）、獄掾曹參（?—西元前190年）（「獄掾」是獄曹的屬吏）、車夫夏侯嬰（?—西元前172年）等等，還有吹鼓手周勃（?—西元前169年），他是名將周亞夫（西元前199—前143年）的父親，這麼多人都和蕭何頗有交情，足以說明蕭何是一個很好相處的人。其中蕭何對劉邦最為看重，覺得劉邦器宇軒昂，是大富大貴之相。書上說蕭何有識人之明，從他對劉邦的另眼相待就是一個很好的例子。

後來，劉邦開始打天下，這些沛縣老鄉都是他的得力助手，蕭何更是功不可沒。

由於蕭何的善於識人，還為劉邦網羅了一名猛將，這個人就是韓信（西元前231—前196年）。

韓信原來是西楚霸王項羽（西元前232—前202年）的部下，有勇有謀，是一位了不起的軍事家，由於在項羽那兒不受看重，便轉投劉邦麾下。然而，到了漢軍這裡，劉邦也沒把他當一回事，讓他去管理糧草，這讓韓信大失所望。稍後，在一次偶然的機會裡，韓信認識了蕭何，經過一番接觸，蕭何感到韓信是一個不可多得的人才，便多次向劉邦推薦，可都沒有引起劉邦的重視。

兩個多月之後，許多漢軍將士因不願在蜀中久駐，一個一個的溜了。一天晚上，蕭何得知韓信也跑了，馬上放下手中的事物，還來不及跟劉邦打一個招呼，就立刻跳上馬親自連夜去追。這邊當劉邦正在為跑掉的將士愈來愈多而心煩焦慮的時候，忽然有士兵慌慌張張的跑來報告，說蕭丞相也跑了，劉邦一聽，大驚失色，馬上派人去找。一連找了兩天，毫無所獲。第三天，蕭何終於回來了，而且是帶著韓信回來的。原來，蕭何追到了韓信之後，好說歹說足足勸了兩天、求了兩天，才總算讓韓信回心轉意，願意再給劉邦一個機會。

當劉邦得知蕭何竟然是為了要去追韓信才不告而別，真是氣不打一處來，不以為然的說，至今逃走的將軍少說也有十幾個了，跑了就跑了，從來也沒聽說你會去追哪一個，如今一個小小的韓信，值得嗎？蕭何忙說「值得值得，當然值得」，並且強調，其他跑掉的將軍都還容易找到替代的，韓信卻是不可多得，跑掉就沒了，所以當然一定要把他給追回來！如果您只是想做一個漢中王，沒有韓信也就算了，如果您想力克楚軍就非重用韓信不可！劉邦漸漸被說動了，果真很快就按蕭何的要求命人造起一座拜將臺，然後選個好日子，又是齋戒又是沐浴更衣，以最隆重的方式拜韓信為大將軍，因為蕭何說，如果只是讓韓信做一個普通的將軍，或者拜將儀式不夠隆重，恐怕不久韓信還是要跑呢。

這就是「蕭何月下追韓信」的故事。

後來，在楚漢相爭中韓信果然發揮了非常重要的力量，和張良（約西元前250—前186年）、蕭何一起被稱為「漢初三傑」；張良善於戰略，蕭何善於鎮守後方，而韓信擅長統帥百萬大軍。劉邦自己都說，就是因為這三個豪傑都能為他效力，他才能取得最後的勝利，反觀年輕的項羽只有一個謀士范增（西元前277—前204年），可是項羽都還不能好好的善用，最後自然只有失敗一途。

不過，蕭何既是韓信的貴人，猶如能識千里馬的伯樂，但在漢朝建立之後又成了韓信的煞星；韓信最後雖然是死於呂后（西元前241—前180年）之手，可卻是蕭何用計把韓信給騙到宮中去的。因此長久以來有這麼一句俗語，「成也蕭何，敗也蕭何」，意思是說不論成功還是敗亡都是由於同一個人。這句話同時也是韓信一生最精鍊的寫照。

蕭何做事的態度十分扎實，打從秦末他們攻克咸陽之後，他就接收了秦丞

韓信
蕭何

相和御史府所藏的律令以及圖書，充分掌握了全國的山川險要和郡縣戶口等珍貴資料，此後在制定任何政策之前都有了最實際的參考，這不僅對於接下來的楚漢戰爭發揮了極其重要的影響，對於漢朝初立擬定各種政策方針以及律令制度也都很有幫助，可以說直接有助於漢朝政局的穩定，日後劉邦總是因此大讚蕭何真是深謀遠慮。

而在為期四年的楚漢戰爭中，蕭何留守關中，盡心盡力的建設關中，使關中成為漢軍有力的後盾，並且不斷向前線送去士兵和糧草，對於最後劉邦能夠打敗項羽、取得最後勝利，也起到了關鍵性的作用，無怪乎等到戰爭結束，劉邦論功行賞時會定蕭何為首功。後來蕭何又被稱為「開國第一侯」，食邑萬戶。

蕭何參考秦朝的制度，重新制定律令制度，作為《九章律》。在政治哲學和思想上，蕭何偏好黃老之術，主張無為，在漢朝初立這個階段正好給了人民休養生息的機會，非常切合廣大老百姓的需要。

漢十一年（西元前196年），蕭何協助劉邦消滅了韓信、英布等異姓諸侯王，更加受到劉邦和呂后的倚重。不過，在蕭何晚年曾經因為一點小事被劉邦治罪下獄，後來雖然是虛驚一場，劉邦稍後還是放了他，但蕭何從此就對國事保持沉默，不敢再多發表意見，直到劉邦死後，才又繼任丞相，輔佐漢惠帝，然而只過了短短兩年左右就過世了，享年六十四歲。

蕭何死後，接他位子擔任丞相的是曹參。曹參繼續執行蕭何清靜無為的種種做法，讓百姓因此「安寧不亂」，這就是成語「蕭規曹隨」的典故，比喻按照前任的成規來辦事。後來曹參在做了三年的丞相之後也病逝了，在漢史上與蕭何齊名，也是被公認的賢相。

安定漢室

陳平

（生年不詳，卒於西元前178年，西漢初年）

陳平的生年不詳，陽武戶牖鄉人（今河南省原陽縣），是西漢王朝的開國功臣之一。司馬遷（西元前145－約前86年）的《史記》稱陳平為「陳丞相」。陳平第一次擔任丞相是在劉邦死後、惠帝六年（西元前189年）與王陵并為左、右丞相。

陳平年少時家裡非常貧窮，可他一直很喜歡讀書。陳平長得人高馬大，相貌堂堂，經常有人會開他玩笑，故意問他，奇怪了，你家那麼窮，到底是吃了什麼塊頭才這麼大？

到了應該成家的時候，由於家貧，可想而知家境殷實的人家都不願意把女兒嫁給陳平，而窮人家的女兒陳平又無意迎娶。這樣過了好長一段時間，戶牖當地有一位富人名叫張負，有一個孫女一連嫁了五次，丈夫都死了，就是傳統觀念中所謂的「剋夫」，沒有人敢再娶她，陳平得知以後卻很有興趣，想來陳平雖然是生活在距今超過兩千年以前的人，卻挺有科學觀念，知道「剋夫」之說只是迷信，沒有科學依據。後來，張負在認識了陳平以後，對陳平也相當欣賞，果真就把孫女嫁給了他。張負曾對別人說，像陳平這樣儀表不凡的人，怎麼可能會長久的居於貧寒的境地呢？

在娶了張負的孫女以後，陳平的家境大為改善，交遊也比以前要廣得多了。有一次，地方上要祭祀土地神，陳平做主持割肉的人，他把祭肉分配得很平均，獲得地方父老一致的交口稱讚。陳平說，哎，如果讓我陳平來主宰天下，一定也會像這次分肉一樣呢！

秦末，自陳勝、吳廣（兩人均生年不詳，并均卒於西元前208年）揭竿而起之後，六國貴族也都紛紛起兵，天下大亂，陳平和一些老鄉一起跑到魏王那裡去，魏王命他為太僕（掌管皇帝的車馬）。陳平向魏王進言，魏王不予理睬，令他十分鬱悶，後來又有人說他的壞話，陳平只好趕緊逃走，轉為投奔項羽，但稍後在劉邦率軍入關破秦之後，陳平又改為投效劉邦。這一回他總算找到好主子了。

後來，陳平先後參與了楚漢戰爭以及西漢初年平定異姓諸侯王的叛亂，成為漢高祖劉邦的重要謀士。

比方說，在楚漢相爭期間劉邦一度被困在滎陽城，處境相當不利，甚至劉邦都已經向項羽低頭講和，打算割讓滎陽以西卻被項羽拒絕的時候，是陳平扭轉了劉邦的劣勢。陳平說，項王那裡剛直的臣子不過只有范增等少數幾個人罷了，大王如果能拿出幾萬斤黃金來施行反間計，讓他們互相猜忌，自相殘殺，漢軍就可趁機發兵攻打他們，肯定能夠擊敗楚軍。漢王劉邦覺得這是一個好計策，便拿出黃金四萬斤給陳平，讓他去離間項羽和范增等人，完全不問詳細的支出情況，結果這一條離間計果真奏效，還活活氣死了范增。

又如在西漢初年（漢高祖七年，西元前200年），漢高祖劉邦和他的先頭部隊中了匈奴的誘敵之計，被困於白登山（今山西省大同市東北），整整困了七天七夜，和主力部隊完全失去聯繫，當時又天降大雪，天氣嚴寒，情勢十分危急，後來劉邦也是靠著陳平的計策才得以脫困。

陳平的計謀不同於尋常，因為他是從匈奴單于的妻子這裡下手。

他派使者帶著很多金銀珠寶和一幅美女圖，來到匈奴的軍營，求見「閼氏」（漢朝用這個詞來稱呼單于的妻子）。

使者說，現在我們漢朝的皇帝被困，我們希望能夠和談，只要冒頓單于願意罷兵修好，除了這些財寶，我們中國第一美人也很快就會送到，這是美人的畫像。

閼氏趕緊表示，財寶我們收下，美人就不必了。

使者明白閼氏不願讓中國第一美人來到冒頓單于的身邊，自然是因為害怕美人一來自己就要失寵，於是就請閼氏幫忙對冒頓單于下功夫，力勸冒頓單于退兵，再三保證只要冒頓單于退兵，就絕對不會把美人送來。

協議順利達成。使者一走，閼氏馬上就跑去找冒頓單于，説她聽説剛剛即位的這位漢朝皇帝不簡單，之所以能坐上皇位完全是天意，如果對他不利恐怕會遭到天譴，還是趕快把他放走罷。説來也巧，本來在圍困劉邦的同時，冒頓單于約了另外兩個部族一起來打，可是怎麼等也等不來，正在心煩氣躁，現在一聽老婆這麼説，還真的就不想再打了，可是又不能白白放走劉邦，於是便故意放鬆對白登山的包圍，讓劉邦及其部眾有機會衝出重圍。

「白登之圍」事件之後，劉邦深感用武力來解決與匈奴的爭端是多麼的不可取，於是在接下來很長一段時間裡就都是採取「和親」政策來籠絡匈奴，以此作為維護邊境安寧的主要手段。

（「和親」也叫作「和戎」、「和番」，指中原王朝統治者與周邊少數民族首領之間的政治聯姻。）

漢高祖死後，呂后以陳平為郎中令（這是在皇帝左右十分親近的高級官職），傳教惠帝。

司馬遷在寫《史記》的時候似乎對陳平頗多肯定，說陳丞相年輕的時候原本喜歡黃老之術，當他負責分割祭肉時，志向已經相當遠大，他曾經彷徨於楚魏之間，最終歸附高帝（就是漢高祖劉邦），他常常想出妙計，解救危難，消除國家的禍患，到了呂后執政後期，很多事都有變故，但陳平都能自免於禍，安定漢室，保持榮耀的名望終身，被稱為賢相，縱觀他的一生可說做到了善始善終，假如不是擁有傑出的才智和謀略，怎麼可能做到這一步？

值得一提的是，在劉邦死後，呂后大封諸呂為王，陳平假意順從，即使自己被削奪了實權也沒有微詞。直到呂后一死，陳平便與太尉周勃合謀，迅速平定了諸呂之亂，並迎立代王為文帝。這就是司馬遷所說的「安定漢室」。

張良

漢初三傑之首

（約西元前250—前186年，西漢初年）

很多人都想不通，張良雖然也為漢高祖劉邦立下了很多汗馬功勞，但若真的要嚴格比較，他的功勞自然是比不上蕭何和韓信，可奇怪的是，劉邦偏偏將張良推為「漢初三傑」之首。同時，劉邦在提到張良的時候總是使用敬稱，稱呼張良的字「子房」，蕭何和韓信可沒這樣的待遇。

在漢朝建立以後，韓信以謀反罪名被誅，還被滅了三族，蕭何也一度被治罪下獄，只有張良自始至終都深受劉邦的信任，並且還贏得了呂后的尊敬，以至於張良死後獲得了文成侯的謚號，兒子張不疑也襲封為侯，「漢初三傑」可謂只有張良一人得到善終，由此可見張良真是相當的有智慧。

張良是河南潁川城父（今河南寶豐）人，祖輩是戰國時代韓國人，從父親、祖父一路往上追溯，張家一共有五代都做過韓王之相，可是在張良長大以後，因為韓國已被秦所滅，張良自然無官可做，對秦王嬴政的憤恨不難想像。

西元前218年（也就是秦王一統天下的三年前），三十二歲的張良策畫了一樁危險的行動。他拿出全部家產來尋求一個大力士，還造了一個重達一百二十斤的鐵錘，埋伏在秦王巡遊必經之地博浪沙，想要刺殺秦王，然而行動失敗，鐵錘只擊中了秦王的副車。

西元前209年，陳勝、吳廣揭竿而起，掀起全國反秦的浪潮時，張良已經四十一歲左右，但還是聚集了一百多人，也一起矢志反秦，只是很快就自感身單勢孤，恐怕難以立足，便率眾打算去投靠一位自立為楚王的義軍領袖景駒（生年不詳，卒於西元前208年），途中遇到劉邦所率領的義軍。張良與劉邦一見如故，張良多次和劉邦聊起《太公兵法》（相傳是商周時期姜太公所著，是中國古代著名的一本道家兵書），劉邦也都頗能領會，於是張良改變主意，也不去找景駒了，就地改投劉邦。

後來，在楚漢相爭中足智多謀的張良確實對劉邦貢獻良多，成為劉邦最重要的一位智囊。

關於張良那本《太公兵法》，長久以來民間廣為流傳這麼一個軼事，說是張良在年輕時遇到了一位奇人，才會得到這麼一本奇書。

事情的經過是這樣的。有一天，在沂水圯橋頭，當張良經過一個穿著粗布短袍的老頭身邊時，那個老頭忽然故意把鞋子蹬落到橋下，然後張口就大喇喇的要求張良去幫忙撿回來，張良很是錯愕，但又不想跟老人家爭論，便順從的把鞋子給撿了回來，哪知這樣還不夠，老頭還命令張良幫他把鞋子穿上，張良抑制住心中的不滿還是照做了，這時，老頭才起身大笑而去，連一句道謝的話也沒有。這到底是怎麼回事？這是什麼人哪！沒想到就當張良還愣在原地的時候，本來已經走遠的老頭又回來了，一直走到張良的面前，笑咪咪的對他說：

「真是孺子可教也！」

意思是說，看你這個年輕人還算有出息，可以造就。並約他五日後碰面。

張良雖然不知道老頭的葫蘆裡究竟賣的是什麼藥，但還是應諾了。五日之後，這天清晨，剛一聽到雞鳴，張良就匆匆趕往橋頭，卻意外發現老頭已經到了，還生氣的罵道：「跟老人家相約，為什麼會遲到？五天以後再來！」

第二次，張良提早了一些，天不亮就起來了，可是居然還是晚了老頭一步，老頭又毫不留情的罵了他，並且又叫他五天之後再來。

第三次，張良索性半夜就跑到橋頭去等候。這回他總算比老頭要早到了。老頭很高興，就送了他一本書，告訴他等到天下大亂的時候，就可以用這本書來興邦立國。這本書就是張良日後一直帶在身邊的《太公兵法》。這位老先生則是傳說中隱身岩穴的高士黃石公，亦稱「圯上老人」。

有人說，劉邦之所以始終對張良十分禮遇，有一個重要原因是當秦末群雄並起的時候，張良是第一個經常在各種場合都說「沛公劉邦大概是上天派到人間的吧」，這句話的意涵可是非同小可，因為在神化劉邦的同時，也大大合理化、並且大大抬高了劉邦在當時所有義軍中的領袖地位。劉邦是中國歷史上第

一位布衣天子，在此之前，「老百姓居然能夠做皇帝」這件事簡直就是不可想象的。

之後，那場驚心動魄的鴻門宴也多虧是張良救了劉邦。由於張良曾經對項伯（生年不詳，卒於西元前192年）有恩，在鴻門宴前夕，項伯背著項羽偷偷來到漢營，想帶走張良，張良卻不願自己逃命，而是及時跑去向劉邦報告，並且迅速做出判斷，那就是由於此時楚漢實力懸殊，如果翌日要硬碰硬，漢軍恐怕將遭致滅頂之災，建議劉邦不如大著膽子赴宴，然後向項羽頻頻示弱，表示自己絕對無意要在關中稱王，讓項羽以為只是一場誤會，因而打消要除掉劉邦的想法，同時張良還趕緊幫著劉邦拉攏項伯，結果第二天在宴席之上果真就是靠著項伯在暗中保護，儘管屢屢「項莊舞劍，意在沛公」，項伯卻總是故意把刺向劉邦的利劍給擋掉，這才終於化險為夷。

項羽在鴻門宴不聽范增的話放走了劉邦，無異於是放虎歸山，寒透了范增的心。從那以後，可說正式開啟了楚漢相爭的局面，而隨著時間流逝，劉邦的優勢也就一天比一天明顯。

張良精通黃老之道，不留戀權位，在漢朝建立以後，便經常託病不出，逐步從「帝者師」的身分退居至「帝者賓」，遵循著淡然的處事態度，極力避免參與政事。

不過，在張良六十四個寒暑的一生當中，除了輔佐劉邦打敗了強勁的對手西楚霸王項羽之外，還有一件事很值得一提，就是在漢高祖十年（西元197年）協助呂后在太子保衛戰中獲勝。當時由於劉邦寵愛戚夫人，竟然想要廢掉太子而改立戚夫人的兒子趙王如意，即使朝野大臣同聲反對，不斷勸諫，劉邦也不為所動。呂后心急如焚，緊急向張良求救，張良也不贊成劉邦廢太子，便指點呂后趕快把「商山四皓」給請來，讓他們陪伴在太子的身邊。

「商山四皓」是四位年高德劭的長者，因為不願就漢朝爵位而在山中隱居，這些劉邦是知道的。稍後，當劉邦看到自己請不到的人居然願意和太子相伴，頓時感到太子羽翼已豐，翅膀已硬，也就不再提想要改立太子的事。呂后就是因為這個事而對張良更加敬重，而張良或許也由於智謀為自己多增添了一份安全的保障，使自己不至於受到西漢初年宮廷鬥爭的波及吧。

禍國大盜 董卓

（生年不詳，卒於西元192年，東漢末年）

董卓是東漢末年的權臣，曾擔任過相國和太師，史家對他的定位是「禍國大盜」；因為他在權傾朝野那段期間的胡作非為，倒行逆施，直接導致東漢加快腳步走向滅亡，是一個遺臭萬年的人物。

董卓是隴西郡臨洮縣（今天甘肅岷縣）人，出生於一個武官家庭，字仲穎。他生來力大體壯，性格粗獷豪邁，年輕時還頗喜歡行俠仗義。他雖然是漢族，但和羌族淵源頗深。他在年少時經常去羌人部落遊玩，結識了很多羌人首領，在他回鄉之後，一些羌人首領來看望他，董卓熱情接待，連耕牛都不惜殺掉用來款待客人，令羌人首領非常感動，回去以後還大家一起湊了上千頭牲畜送給董卓。後來，董卓成了大軍閥，以羌胡人為主體的涼州兵就是他的基本班底。

董卓成年以後在隴西郡府擔任官吏，負責維護地方治安。他武藝不凡，擅長佩戴兩副箭袋，每當騎馬飛馳的時候總是能夠左右開弓，攻擊力驚人。當時匈奴人經常騷擾邊境，劫掠百姓，董卓領軍大破匈奴，斬獲千計，並州刺史見董卓頗有能耐，就推薦他入朝廷公府。

西元184年「黃巾之亂」爆發時，董卓被起用為東中郎將，與北中郎將盧植一起大戰河北和山東兩地的黃巾賊，但因兵敗遭到免官。翌年，或許是朝廷用人孔急，董卓又被起用為破虜將軍，從此便擁兵自重，不聽朝廷號令。

幾年之後，黃巾之亂已被平息，靈帝徵董卓為少府，要他交出兵權，董卓竟悍然拒絕，而靈帝竟然也拿他沒有辦法，只好改派他為並州刺史，盤算著至少把他調離關中，但董卓的態度仍然非常強硬，還是拒不交出涼州兵，以「前將軍」的頭銜擁眾駐河東觀變。靈帝無奈之餘，只得再一次妥協，竟同意讓董卓成為河東太守，等於是讓他就地合法。這時董卓大約五十九歲，成為東漢第一個恃眾抗命的大軍閥。

不久，靈帝病逝，十七歲的太子劉辨即位，史稱少帝。少帝的舅舅何進是大將軍，也就是說，這個時候朝政大權是掌握在外戚的手上，何進和袁紹密謀誅殺宦官，想要澈底剷除宦官勢力，但是何進無能，便召董卓入京相助，結果

等於是引狼入室。早就心懷不軌的董卓立刻意識到這是一個千載難逢的大好機會。

其實，在董卓引兵進入京城洛陽之前，京城的局勢已經丕變，大將軍何進已被宦官殺死，緊接著宦官又已被袁紹所殺，照說局勢既已獲得控制，朝廷已經沒有再援引武裝力量入京的必要，但是當少帝派人想要阻止董卓入京時，董卓竟然一口拒絕，義正辭嚴地說：「諸公大人不能匡正王室，致使國家傾危，現在還有什麼資格來阻止我進京！」

有這麼一句歇後語：「董卓進京——來者不善」，確實如此啊。董卓入京之後，第一件事便是廢了少帝，改立少帝的弟弟陳留王劉協，史稱獻帝。獻帝當時只有九歲，完全是董卓的傀儡。緊接著，他進行一系列人事安排，營造一個對於保障自己利益絕對有利的局面，譬如徵召關中潛在的政敵皇甫嵩來洛陽做城門校尉，逼皇甫嵩交出兵權；招撫涼州的馬騰、韓遂，把自己關西的根本更加鞏固等等，他自己則自為太尉，統掌兵權，後來又自為相國，而且入朝時可以帶劍穿鞋上殿，朝見皇帝也可以大搖大擺的步行前進。

西元190年，袁紹率領關東聯軍討伐董卓，揭開了東漢末年軍閥混戰的序幕。關東諸侯一起兵，董卓就挾持著獻帝從洛陽西遷到長安。此時東漢王朝已經名存實亡。

在遷都的過程中，董卓動用軍隊驅趕洛陽的百姓，導致大批的百姓在途中喪命，蘭臺（東漢政府圖書館）珍貴的藏書也在途中損失了大半。此外，為了趁機搜刮財物，董卓還下令放火焚燒洛陽的宮殿、官府和民宅，甚至還下令義子呂布（生年不詳，卒於西元199年）大肆挖掘帝王以及公卿大臣的陵墓來獲取珍寶。

西元191年四月，董卓入長安。在長安執政期間，董卓也是肆意妄為，完全不管老百姓的死活。譬如毀壞原本市場流通的五銖錢，又把洛陽、長安兩地的銅人等各種銅製品拿來鑄造小錢，可是這種小錢的製作非常粗糙，上頭甚至沒有輪廓和文字，老百姓自然都心生疑慮而不肯使用，結果導致市場混亂，物價飛漲。這還不算，為了要從百姓手中搶奪財物，董卓竟然還理直氣壯下令要抓捕「為子不孝、為臣不忠、為吏不清、為弟不順」之人，抓到之後一律處以死刑，並且沒收所有的財產，這種恐怖措施引發了大量的冤案，可說無法無天到了極點。

人人都對董卓恨之入骨，都巴不得能夠盡快除掉他。司徒王允（西元137—192年）認為想要除掉董卓只有從呂布這裡下功夫才有勝算，於是便苦思冥想出一個「借刀殺人」的好辦法；首先，刻意拉攏呂布，然後伺機巧施「連環計」，先說要把美人貂蟬送給呂布，可一轉身又趕緊把貂蟬送給董卓，讓呂布誤以為貂蟬是被董卓所奪，對董卓咬牙切齒，後來終於殺了董卓。

所以，董卓又為後人留下另外一句歇後語：「董卓戲貂蟬——死在花下」。

董卓死後，長安城所有的士兵和百姓都大聲歡呼，額手稱慶。董卓肥胖的屍體被拋在街頭示眾，看守他屍體的士兵用草繩盤結在董卓的肚臍上，然後點燃，以此洩憤，結果屍體居然燃燒了一天一夜，直到最後終於燒成一堆灰燼。

董卓從隴西發跡一直到率軍進京操縱中央政權，所思所想完全只是如何滿足自己無止盡的貪婪。為了達到目的，他可以說是不擇手段，不僅玩弄權術、破壞經濟，為國家和社會的穩定帶來巨大的破壞，而且毫無仁心、殘害人民。東漢政權本來就已日漸衰敗，董卓的所作所為無疑更是雪上加霜，以至於加速了東漢的滅亡。

曹操

一代梟雄

（西元155—220年，東漢末年）

「英雄」這個詞無疑是正面的，專門用來形容那些勇武過人的人，「奸雄」則是負面的，指那些弄權欺世的人物，那麼「梟雄」呢？「梟雄」這個詞表面上看似乎是負面的，因為「梟」的本意是指一種惡鳥，但什麼樣的人會被稱為「梟雄」？是那些智勇雙全，性格強橫而又野心勃勃的人。後世總喜歡用

「一代梟雄」來形容曹操，足見曹操實在是一個不簡單的人物。

曹操留在中國歷史上的形象非常多面，他不僅是東漢末年傑出的政治家和軍事家，也是優秀的文學家和書法家，同時還是三國時期曹魏政權的奠基人，因為他曾經擔任過東漢的丞相，後加封魏王，奠定了曹魏立國的基礎，在他去世、其子曹丕（西元187—226年）稱帝以後，被尊為武皇帝，廟號太祖。

曹操字孟德，一名吉利，小字阿瞞，沛國譙縣（今安徽亳州）人。他出生在宦官世家，《三國志》中稱他是西漢名相曹參的後代，父親曹嵩是宦官曹騰的養子，曹騰一共侍奉過四代皇帝，在朝廷有一定的名望，在漢桓帝時被封為費亭侯，後來曹嵩就繼承了曹騰的侯爵，在漢靈帝時官至太尉。

曹操在年少時就展現出機智果敢的特質，不過由於頗有些放蕩不羈，一般人也並不覺得他有什麼不凡，只有少數人對他總是另眼相看，比方說當時的名臣喬玄（西元110—184年）就曾經對曹操說：「天下將亂，非命世之才不能濟也，能安之者，其在君乎？」所謂「命世之才」，原意是指順應天命而降世的人才，後來是指那些能夠為世人所倚重的傑出人士，喬玄這句話的意思就是說，天下即將大亂，只有極為出色和厲害的人才能夠收拾，我看到時候恐怕只有靠你了！對曹操的評價可說是非常的高啊。

當時還有一位名士許劭（西元150—195年），每月都要對許多人物進行品評，人稱「月旦評」，無論是誰，只要一被許劭品評都立刻身價百倍，許劭也品評過曹操，認為他是「清平之奸賊，亂世之英雄」，意思就是說如果曹操是處在太平盛世恐怕會是一個奸雄，但如果處於亂世就會是一個英雄，總之就是很有梟雄的氣質。

曹操早年就表現出對武藝和軍事的愛好與才能，博覽群書時也特別喜歡研究兵法，曾經抄錄過古代諸家兵法韜略，後來傳世的《魏武注孫子》就是他對《孫子兵法》的注釋。研究兵法這個愛好，也可說是為他日後的軍事生涯打下了扎實和穩健的基礎。

黃巾之亂爆發的時候，曹操二十九歲左右。在鎮壓黃巾賊的過程中，曹操不斷地拉攏地方豪強，逐漸建立起自己的武裝力量。黃巾之亂平定之後，眼看董卓弄權胡來，曹操十分氣憤，曾經試圖刺殺董卓，但是因為董卓防範極為嚴密，無法下手。曹操可以說是很早就意識到應該盡快除掉董卓的人，因為當他採取行動的時候，關東諸侯都還沒有聯軍聲討董卓呢。

董卓死後過了四年（西元196年），四十一歲的曹操把獻帝迎到許昌（今河南省許昌市），挾天子以令諸侯，開始大展身手；對內陸續消滅了「二袁」（袁紹和袁術兄弟）、呂布、劉表、馬超、韓遂等割據勢力，以官渡之戰的勝利奠定了統一北方的基礎，對外又降服了南匈奴、烏桓、鮮卑等等，終於在西元207年統一了北方。這時曹操五十二歲。

接下來，曹操實行一系列政策來恢復經濟生產和社會秩序，譬如擴大屯田、興修水利、獎勵農桑、重視手工業、安置流亡人口、實行租調制等等，都是有利民生的良策。尤其是租調制，這是曹操在人口流散、貨幣幾近廢棄的情況之下，對漢代賦稅制度進行的改革，以定額田租取代原本的定率田租，也就是以戶稅來代替原本的人頭稅，大大減輕了老百姓的壓力。在實行租調制以後，許多小農都主動返回故里，積極務農，中原地區的農業生產因此很快就有所恢復。

（後來到了三國時期，孫吳也是實行租調制，蜀漢則可能仍然沿用漢制。）

總之，在曹操的治理之下，黃河流域不僅經濟逐步恢復，政治也漸漸清明，社會風氣亦明顯的有所好轉。曹操胸懷大志，一邊囤田積穀，一邊也不忘儲備軍資。

就在曹操統一了北方的第二年，他不顧謀士程昱、賈詡的勸阻，想要趁年輕的孫權還未能在江東樹立威望的時候，率領三十萬大軍南下攻打荊州。儘管在南下之前，曹操無論是在政治或軍事上都做了充分的準備，比方說，他罷了三公官，置丞相、御史大夫，並自領丞相；鎮壓了擁漢派的世族領袖孔融（西元153—208年，就是小時候把大的梨子禮讓給哥哥弟弟的那一位）；徵調關西馬騰入侍，拜尉衛；甚至還在鄴城（今河北邯鄲臨漳一帶）開了人工湖來訓練水師，然而後來事實證明，曹操因為急著要平定江南而揮軍南下實在是一項失策，最終以赤壁之戰的慘敗鎩羽而歸。

說來也真諷刺，當初在官渡之戰中，曹操是以「火功」取勝，以寡擊眾；時隔八年，他在赤壁之戰中卻是眾不敵寡，同樣敗在對手的「火功」上。一千多年以來，「火燒赤壁」的故事一直是許多文藝作品中大家耳熟能詳的題材。赤壁之戰過後，曹操眼看統一無望，只得被迫退回中原，形成了南北對峙的局面。

曹操向來重賢愛才，只要是他認定的人才，他總是想盡辦法、幾乎可以說是不惜一切代價也想將對方收於自己的麾下，他對蜀漢陣營的關羽十分禮遇就是一個很好的例子。而在用人方面，曹操也總是能夠根據將領的特點，讓每一個人都充分發揮所長。

此外，曹操在藝術上也卓然有成，除了書法，在文學上的表現也非常亮眼，主要是表現在詩歌上，散文也很有特點。曹操的詩歌留存下來的有二十多

篇，全部是樂府詩體，主題多半是抒發自己的政治抱負，並反映東漢末年人民生活的苦難，氣魄雄渾，慷慨悲涼。這樣的風格本是「建安文學」共同的基調，但是在曹操的詩歌中表現得最為典型和突出。事實上建安文學能夠在那樣的亂世中勃興，和曹操本人對於文學的重視和推動自然也有著密切的關係。

足智多謀 諸葛亮

（西元181—234年，三國時期）

諸葛亮的身分也非常豐富，不止一種；他是三國時期蜀國的丞相，是傑出的政治家、軍事家、外交家、文學家、書法家和發明家。經過羅貫中《三國演義》的渲染，長久以來諸葛亮一直是一個聰明絕頂的象徵，比方說有一句俗語和一句歇後語就都與諸葛亮有關——

事後諸葛（或是「事後諸葛亮」），諷刺那些事前沒意見，事後才高談闊論的人，因為諸葛亮可是非常的神機妙算，有什麼高見肯定都是在事前就會表示清楚，不會在事後才說東道西。

「三個臭皮匠，勝過一個諸葛亮」，「皮匠」其實應該是「裨將」，什麼是裨將呢？就是副將，意思就是說，就算我們沒有諸葛亮那樣高超的智慧，但只要在遇到困難的時候能夠開誠布公的認真討論，集思廣益，還是可以找到好辦法，就好像三個副將的智謀能比諸葛亮的點子還要高明呢。

諸葛亮正式登上歷史舞臺的時候是一個難得的青年才俊，他被劉備（西元161—223年）「三顧茅廬」的誠意所感、願意出山的時候是二十七歲，西元221年劉備在四川成都建立蜀漢政權，諸葛亮被任命為丞相、負責主持朝政的時候則是四十歲。劉備死後，蜀後主劉禪繼位，諸葛亮被封為武鄉侯，領益州牧。從二十七歲出山一直到五十三歲因積勞成疾而過世，諸葛亮將人生差不多一半的時間都奉獻給劉備父子、奉獻給蜀漢，真正做到了「鞠躬盡瘁，死而後已」，這種勤懇和忠義的精神，是諸葛亮留在史冊最光輝的形象，令人感佩，可以說是中國傳統文化中一個最具代表性的「足智多謀的忠臣」。

諸葛亮，字孔明，人稱「臥龍」，東漢末年徐州琅邪郡陽都縣（今山東沂南縣）人。在他四歲那年爆發了黃巾之亂，十歲那年關東諸侯起兵討伐董卓，從此天下分裂，戰亂不休。這時，諸葛亮又失去了雙親，和手足一起跟隨叔父諸葛玄生活，後來在十五歲那年和弟弟還有兩個姊姊都隨著叔父一起輾轉來到荊州。

兩年以後，叔父病故，諸葛亮便一肩挑起全家的生活重擔。他覺得劉表不是一個人物，無心為劉表賣命，便隱居在襄陽城西二十里的隆中山裡，長達十

年。不過，雖然是隱居，諸葛亮還是相當關心天下大事，密切注意時局的發展和變化，和一些江南名士也還是有些聯繫，因此，「諸葛亮是一個不可多得的人才」這樣的風評還是漸漸傳了出去，終於傳到了劉備的耳裡，於是打定主意一定要把諸葛亮請來為自己做事。

諸葛亮認為，對劉備來說，想要統一天下，應該先走「鼎足三分、聯孫抗曹」這條路線。這就是有名的「隆中對策」，是諸葛亮為劉備所提出的一條政治和軍事路線，也是諸葛亮一生的行動綱領。

諸葛亮出山之後第二年就遇到極為嚴峻的挑戰。當時曹操大舉南下，敗劉備於長阪，諸葛亮在如此形勢極為不利的情況之下，可以說是冒著生命危險出使江東，想要「聯孫抗曹」，就是說想要聯合孫吳一起對抗強大的曹操，同時還想為劉備爭取到荊州，作為劉備的立足之地。

這是一項多麼艱鉅的任務。因為，當時曹操聲威遠播，整個江東都為之震動，在孫權的營中出現了一片主和的呼聲，就在曹操向孫權下了戰書以後，孫權在戰與不戰之間頗為猶豫。如果孫權決定投降曹操，諸葛亮勢必就會淪為俘虜。此外，由於孫吳的實力都高出劉備甚多，孫吳為什麼要跟劉備聯手呢？然而諸葛亮靠著精闢的形勢分析和出色的口才，圓滿的完成任務，而且態度不卑不亢，完全是站在平等互惠的原則上，與孫吳訂立了對劉備而言是非常有利的協議──那就是孫權不但同意發兵拒曹，並且還允諾在戰後要將荊州借給劉備。

後來，「聯孫抗曹」的策略獲得成功，聯軍在赤壁大戰中取得了勝利，把曹操逼回了北方，同時，劉備由於有了荊州，三國鼎立的局勢也才得已漸漸明朗。之後沒幾年，諸葛亮又攻取益州，以及擊敗曹軍，奪得漢中。

諸葛亮擔任宰相以後，勤勉謹慎，無論大小政事都必定親自處理，賞罰分明。他廉潔奉公，營造出非常清明的政治氣候，蜀國官員莫不以諸葛亮為榜樣。同時，為了蜀國的利益，諸葛亮高瞻遠矚，在保持與東吳聯盟之餘，也不忘改善和西南各族的關係，並且實行屯田政策，勵精圖治，加強戰備。在西元234年病逝五丈原之前，諸葛亮曾六次率軍北伐中原，可惜最後都因糧盡不得不無功而返。

儘管表面上諸葛亮好像沒有什麼多了不得的軍事成就，但諸葛亮「軍事家」的身分在歷代兵家中還是得到了很高的認可，不僅司馬懿（西元179—251年）在諸葛亮死後，光是看到諸葛亮的營壘就盛讚其著實為天下奇才，諸葛亮所著的許多軍事專著，如《南征》、《北伐》、《北出》等等，對中國軍事界也有一定的貢獻，他所做的「八陣圖」直到三百多年後唐代將領李靖（西元

571—649年）都仍然十分推崇。

諸葛亮多才多藝，《出師表》、《誡子書》都是他的傳世散文名篇；他精通音律，喜歡操琴吟唱，不但進行樂曲和歌詞的創作，還會製作樂器（製作七弦琴和石琴），甚至還寫了一部音樂理論專著《琴經》；他很喜歡動腦筋，比方說「木牛流馬」（一種高效率的運輸工具）、「孔明燈」（當時是作為軍事用途，現在則成為一種工藝品，俗稱「許願燈」）、「諸葛連弩」（一種改良的兵器，可以一弩連發十支弓箭，提高了攻擊力）都是出自諸葛亮的發明。

此外，四川地區直到現在還有很多居民有著頭戴白布的習慣，據說就是一千多年前在諸葛亮死後，蜀國老百姓自動自發為諸葛亮戴孝的習慣而來的，由此可見諸葛亮當年的執政是多麼的深得民心。

功蓋諸葛第一人

王猛

（西元325—375年，東晉十六國時期）

王猛字景略，是十六國時期著名的政治家和軍事家，官至前秦的丞相和大將軍，被稱做「功蓋諸葛第一人」。

王猛出生於青州北海郡劇縣（今山東壽光）。在他出生的前兩年，家鄉已被後趙軍隊所破，到王猛出生的時候，後趙政權已經席捲中原，與東晉隔著淮水對峙。王猛的幼年時代隨著家人逃難，顛沛流離，輾轉來到魏郡（今河南的南北之交）。

年少時期，由於家貧，王猛以販賣畚箕為業。傳說有一次他遠到洛陽賣畚箕，碰到一個願意出高價的人，王猛為了做這筆難得的買賣，被引至深山中，結果碰到一個儀表不凡、帶著濃濃仙氣的老翁。稍後等他走出深山，才恍然認出原來方才自己是走進了中嶽嵩山（今河南省西部）。這是一個類似於張良遇到黃石公的軼事，只是王猛碰到的這個神祕的老翁沒有送他兵書，而是真的買了他的畚箕，並且給了他十倍於市價的好價格。

不過，王猛倒是一直對兵書很感興趣。他從小就喜歡讀書，即使家境貧寒，又身處亂世，還是想盡辦法讀書，尤其是兵書。胸懷大志的王猛，在年紀稍長以後曾經去過後趙的國都鄴城（今河北臨漳），那些達官貴人沒有一個看得起他，只有一位號稱「極能識人」的徐統很賞識他，召請王猛做功曹（官職，主管考察記錄業績），可是王猛又不想做，乾脆就跑到前秦周邊的西嶽華山去隱居。直到西元354年，王猛二十九歲那年，東晉荊州鎮將桓溫（西元312—373年）北伐，擊敗了當時前秦的景明帝苻健（西元317—355年），駐軍灞上（今西安市東），關中父老紛紛爭相以酒肉前往勞軍，桓溫也下達願意接待地方賢達的意思，王猛獲悉之後穿著麻布短衣也跑去求見。桓溫請他談談對時局的看法，王猛一邊旁若無人抓著身上的虱子，一邊高談闊論，桓溫見此情景，又聽了王猛精闢的分析，十分佩服，連連表示「江東沒有一個人的才幹比得上您啊」，立刻想要延攬王猛來東晉做官，但是王猛對於東晉朝廷講究門第的作風十分了解，深知自己去了之後很難有所發展，再加上也看出桓溫有篡位之心，也不想為桓溫效命，所以就還是拒絕了，一心想要等待一個更好的從政

時機以及一個更理想的明主。

不久，這個機會終於來了。

就在桓溫退兵的第二年，前秦君主苻健去世，繼位的苻生十分殘酷暴虐，簡直就是以殺人為樂，不僅老百姓的生命毫無保障，就連朝廷大臣也是人人自危，每天去上朝的時候都不知道自己能不能活著回來，舉國上下人心惶惶，全都深陷於一種恐怖的氛圍當中不能解脫。苻健的侄兒苻堅（西元338—385年）決定要除掉苻生這個暴君。

苻堅是十六國時期傑出的政治家，雖然屬於氐族，但年少時就開始拜漢人學者為師，非常傾慕漢族的文化。當他跟心腹討論該如何除掉苻生時，一個心腹向他大力推薦王猛，苻堅立刻敦請王猛出山，並不囿於王猛是一個漢人。

苻堅比王猛要小十三歲，兩人年紀的差距不像當年劉備和諸葛亮那麼誇張

（劉備三顧茅廬去找諸葛亮的時候，可是比諸葛亮要年長了差不多一倍），而且兩人還不屬於同一個民族，但兩人卻一見如故，苻堅覺得自己能夠把王猛請出山，就像劉備當年能夠網羅諸葛亮一樣的幸運。

王猛就這樣來到苻堅身邊，為苻堅出謀劃策。

西元357年，苻堅一舉誅滅苻生及其幫凶，自立為大秦天王，改元永興，以王猛為中書侍郎，職掌軍國機密。

王猛從三十二歲開始從政，一直到後來因為積勞成疾而過世，一共在前秦服務了十八年，在很多方面都卓然有成。首先，他在京城一帶依法行政，有罪必罰，在短短幾個月之內就除掉了二十幾個不法權貴豪強，就連皇太后有一個胡作非為的弟弟也被他殺了，而且還是以迅雷不及掩耳之勢殺的，完全不給皇太后營救的機會，朝野都為之震動。

一開始，苻堅還曾經問過王猛，為政之道不是應該採取德化嗎？你才剛剛上任就殺掉那麼多人，多殘忍啊，王猛則回答，「治安定之國可以用禮，理混亂之邦必須用法」。經過王猛的整治，整個社會風氣果然很快就明顯的好轉。

除了整肅吏治，王猛也能做到有才必任，不問民族，不問出身。事實上身為漢人的他能夠如此深受苻堅的信賴，君臣之間就已經為民族融合做了最好的示範。為了求才，王猛採取了更嚴謹的賞罰制度和選拔官員的標準，不僅打破長期以來早就被士族所壟斷的「九品中正制」，也揚棄了十六國以來許多少數民族統治者總是迷信武力、蔑視文化的缺點，大大提高了前秦官員的素質。

王猛的革新為前秦帶來一片嶄新的氣象，再加上他興修水利，獎勵農桑，史載在王猛的主政之下，前秦境內「安定清平，家給人足」，前秦成為北方諸國中最有生氣的國家，因而也才有實力與群雄角逐霸主地位，且愈戰愈強，後來花了十年的功夫（西元366—376年）統一了北方。前秦是中國歷史上第一個統一北方的非漢族的政權。

而在這統一北方的過程中，王猛經常親自率軍出征，幾乎是攻無不克、戰無不勝，展現出卓越的軍事才能。然而，王猛並沒能親眼看到北方統一；就在前秦完成統一北方的前一年（西元375年），王猛便病逝了。當王猛病倒時，苻堅十分憂心，不僅以帝王之尊經常為王猛祈禱，還派人遍訪名醫以及到各個名山大川去燒香拜佛，遺憾的是還是未能留住王猛。王猛在臨終之前也念念不忘未竟的事業，並以寥寥數語交代了一些重要事項，其中就包括叮囑苻堅千萬不要去攻打東晉，因為東晉畢竟是正朔所在。所謂「正朔」就是正統的意思。

在王猛去世之後的半年之內，苻堅還恪遵王猛的教誨，認真處理國事，尤其用心做好「關心民間疾苦」和「擴大儒學教育」這兩件大事。不久，苻堅滅

掉了前涼和代國，澈底實現了北方的統一。除此之外，原屬東晉的南鄉、襄陽等郡也被前秦軍攻下，就連東夷、西域六十二國和西南郡亦都遣使前來朝貢，此時的前秦可以說是達到了一種極盛的狀態。或許也就是因為這樣，此時的苻堅不免躊躇滿志，再加上奸臣的慫恿，竟然不顧王猛臨終前的囑咐，也不顧兒子、寵妃及諸多大臣的勸阻，在王猛過世八年後執意要出兵征伐東晉，結果在淝水之戰中遭到慘敗。

經此一役，無論是苻堅自己或是前秦都是傷筋動骨，元氣大傷，苻堅想起王猛之前所說過的話，真是悔不當初，可是一切也都已經無法重來了。

淝水之戰兩年之後，苻堅就被逼著禪讓，他嚴詞拒絕，隨後就遭殺害，接下去不到二十年前秦也滅亡了，享國四十四年（西元350—394年）。

謝安

東山再起

（西元320—385年，東晉）

唐朝詩人劉禹錫（西元772—842年）有一首膾炙人口的詩作，叫做《烏衣巷》。

朱雀橋邊野草花，

烏衣巷口夕陽斜。
舊時王謝堂前燕，
飛入尋常百姓家。

這首詩作的背景在金陵，也就是今天的江蘇省會南京。「朱雀橋」在朱雀門外秦淮河上，對應「朱雀橋」的「烏衣巷」也是在秦淮河邊，今天只要到南京夫子廟遊玩都還可以找到「烏衣巷」的舊址，在一千多年以前的東晉時代，謝安與王導（西元276—339年）兩個豪門望族都住在秦淮河畔，由於這裡曾經是三國時代孫權舊部烏衣部隊的駐紮地，世稱「烏衣巷」，所以後來就有一個詞叫做「烏衣子弟」，泛指富貴人家的子弟。

對劉禹錫而言，王導和謝安都是四百多年以前的古人了，眼看秦淮河上的朱雀橋以及南岸烏衣巷的殘破，野草叢生，遙想當年東晉兩大家族的繁華，劉禹錫不禁興起滄海桑田世事多變、榮華富貴轉頭空的感慨，因此寫下這首作品。

東晉一共103年（西元317—420年），王導是東晉政權的奠基者，謝安則是東晉政權的保全者；謝安是淝水之戰的總指揮，發生在西元383年的淝水之戰是一場攸關東晉存亡的關鍵性戰役，正是由於東晉在這場大戰中獲勝，東晉的國祚才得以又延續了將近四十年。

晉
晉
晉
晉
晉

淝水之戰擔任晉軍總指揮的謝安，六十三歲，看上去像一個老臣，可實際上從政的時間並不長，因為他是從四十多歲才開始從政，在從政之前幾乎都是處於一種隱居的狀態。

謝安，字安石，陳郡陽夏（今河南太康）人，出身名門望族，是東晉著名的名士和政治家。他從小就氣質不凡。四歲那年，名士桓彝（西元276—328年）一看到他，就讚美他神態清秀，思維敏捷；少年時曾經拜訪名士王濛（西元309—347年），毫不畏懼王濛的盛名，能夠落落大方的與王濛清談多時，且不時就會發出一些精采的見解，令王濛非常讚賞，在謝安離去之後，王濛還告訴兒子，謝安資質出眾，又如此勤勉不倦，日後定將「咄咄逼人」。「咄咄」是一種讓人驚奇的聲音，王濛的意思應是認為謝安日後定將出人頭地，而且發展會很快。

不過，性情淡泊的謝安卻一直無意於仕途。他多才多藝，善行書，通音樂，只想做一個隱士。儘管很早就受到王濛以及當時的宰相王導等很多人的賞識和器重，可以說在上層社會已經小有名氣，如果想要從政簡直就是易如反掌、水到渠成，可謝安就是對做官沒興趣。當朝廷頭一回征召謝安入司徒府，想任命他做著作郎，就吃了一個閉門羹；著作郎的工作是負責掌管編纂國史，照說已經很適合像謝安這樣的文藝青年了，但或許因為是公家飯，謝安還是以身體不好、得安心養病為由而推掉了。

推掉之後，謝安就隱居到會稽郡的東山去。其實，謝安所謂的隱居不是閉門不出，或是完全不與他人來往，他就喜歡頻頻與書法家王羲之（西元303—361年）、文學家許詢（生卒年不詳）、高僧支遁（西元314—366年，同時也是文學家兼佛學家）交遊，也喜歡出門捕魚打獵，回屋就吟詩作文，他只是不喜歡和官場的人事物打交道而已。

當時的揚州刺史仰慕謝安的名聲，三番兩次命郡縣官吏拉謝安出來做官，謝安不得已只得勉強赴召，但僅僅只做了一個月就辭官又回到會稽。後來，朝廷又征召他好幾次，每一次都被謝安推辭。這讓有些官員十分惱火，甚至上書認為謝安怎麼叫都叫不來，嚴重冒犯了朝廷的尊嚴，應該抓起來禁錮終身。謝安只好跑得更遠一些，浪跡於東部的名勝之地。

有一回，謝安與幾個友人一起在海上泛舟，半途忽然風起雲湧，掀起陣陣大浪，眾人都十分驚恐，唯獨謝安鎮定自若，事後大家都很佩服他臨危不亂的氣度。

謝安雖然總是不肯出來做官，當時執政的會稽王司馬昱（西元320－372年）到挺了解他，總對別人說，謝安既然能與人同樂，必定也能與人分憂，碰

到適合的時機一定就會願意出山的。

謝安就這樣度過了一段相當漫長的悠哉歲月。後來他之所以終於同意接受朝廷的征召，和他弟弟謝萬（西元320—361年）有很大的關係。

當時，謝萬任西中郎將、豫州刺史，負責守邊重任，在一次軍事行動中因指揮失誤造成很大的損失，後來朝廷是看在謝安的份上才沒有把謝萬殺掉，只是把謝萬貶為普通老百姓。說來也很奇特，謝安雖然一直隱居山林，聲望卻始終很高，不少人都認為他的才能足以擔任宰相。謝萬被貶這事嚴重折損了謝氏家族的權勢，因為這個時候他們家族已經沒什麼人在朝中做官了，謝安這才總算開始有了做官的意願，走出了東山。此時他都已經四十多歲了。

「東山再起」這個成語，就是出自謝安的典故。

接下來，謝安歷任征西大將軍司馬、吳興太守、侍中、吏部尚書、中護軍等職。在簡文帝過世之後，謝安與名臣王坦之（西元330—375年）聯手挫敗了桓溫篡位的意圖。這可以說是謝安第一次出手保護了東晉的國祚，也是謝安一生中除了淝水之戰獲勝的另一大功績。在桓溫死後，更與王彪之等共同輔政。

謝安第二次在關鍵時刻擔起保家衛國的重任就是淝水之戰了。這是中國歷史上一場著名的以少勝多的戰役；只有區區八萬的晉軍居然能夠打敗百萬敵軍，這簡直就是一個奇蹟，謝安的指揮得當自然功不可沒。

面對大軍壓境，做為晉軍總指揮的謝安始終鎮定自若，不急不躁，甚至當前秦苻堅都已經來到了淮河和淝水，只要一過江，東晉恐怕就難以保全，謝安還是臨危不亂，專注的排兵布陣，運籌帷幄，還把自己的侄兒謝玄也派到前線去打仗。

等到一場惡戰終於拉開序幕，甚至稍後捷報都傳來了，謝安在看過捷報之

後，居然還是若無其事的與客人繼續下棋，客人急著問情況怎麼樣，謝安只是淡淡的說：「沒什麼，孩子們已經打敗敵人了。」

淝水之戰，前秦大軍被殲滅以及逃散的高達七十多萬，不僅苻堅統一南北的希望澈底破滅，就連原本被苻堅統一的北方也再度分裂成許多地方政權，東晉則乘勝北伐，收回了黃河以南故土。

巧合的是，苻堅在兩年後被姚萇（西元332—393年）所殺，姚萇隨即建立了後秦，謝安在淝水之戰後因個人聲望達到了頂點而遭孝武帝猜忌，被迫前往廣陵避禍，兩年後也病故，兩人死於同一年。

謝安享年六十五歲，死後被追贈太傅、廣陵郡公，謚號文靖。

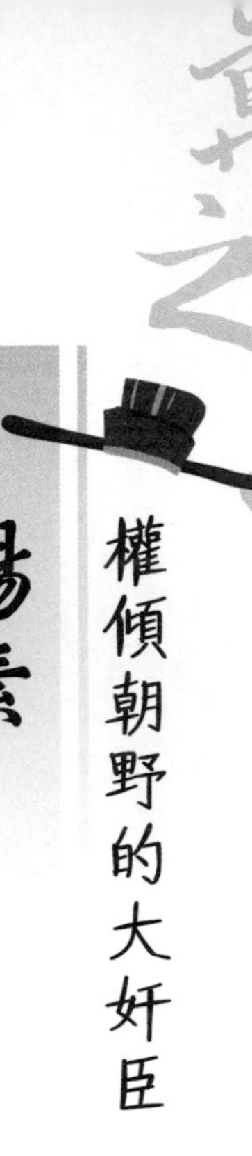

權傾朝野的大奸臣

楊素

（西元544—606年，南北朝・隋朝）

歷史有時就是會不斷的重演，令人好生感慨。後人每每在研讀隋唐之際的史料時總會發出這樣一番唏噓—哎，這簡直就是秦漢之際的歷史重演啊！而在歷史關鍵時刻，也總會有一個人扮演著舉足輕重的角色，在秦朝是趙高，八百年後的隋唐之際也有一個權傾朝野的大奸臣，這個人就是楊素。

楊素出身北朝士族，父親是北周驃騎大將軍楊敷，祖父是北魏諫議大夫楊暄。楊素文武雙全，北周時任車騎將軍，參加過平定北齊之役，取得戰功，加封上開府，改封成安縣公，食邑千五百戶。入隋，與年齡相仿的楊堅（西元541—604年）走得很近，後來由於參與了楊堅奪權而備受楊堅的信賴，再加上滅陳有功加上柱國，封越國公。楊素成了隋朝的開國功臣之一。

開皇十年（西元590年），在平定荊州和江南的反隋勢力之後，升任尚書左僕射，開始執掌朝政。這個時候，四十六歲的楊素還是一個相當正面的角色，後來他之所以會被史家定位為是一個奸臣，主要是由於三方面的不當。

第一，楊素的性情十分貪婪狠毒。比方說，每次出征，楊素總要藉故斬殺一些將士來樹立自己的軍威，就連在奉命建造仁壽宮的時候，因為他督役嚴急，逼死了很多民夫，就算還沒死，但只要一累倒在地，就會被楊素下令推進坑裡，壓上土石，填成平地。可以說楊素是一個視人命如草芥的人。

第二，誘導原本崇尚樸實節儉的隋文帝楊堅走向奢侈。之前當隋文帝風聞為了造仁壽宮而死了不少人已經很不

高興，等到仁壽宮建成（僅僅只花了兩年的時間，可見民夫的負擔有多麼的沉重），隋文帝見宮殿如此奢華，更是大怒，認為楊素這麼做是害他與天下百姓結怨。

楊素得知隋文帝動怒非常惶恐，趕緊利用隋文帝怕老婆的這個特點，趕在被隋文帝召見的前一天，火速跑去向獨孤皇后（西元544—602年）喊冤，表示皇帝理當要有一些行宮、別墅之類，現在天下太平，我們就修建了這麼一座宮殿，哪裡就算得上是浪費了呢！第二天，當隋文帝怪罪楊素的時候，獨孤皇后就在旁邊為楊素辯解，說楊公知道我們夫婦年老，沒有地方娛樂，所以才用心建造此宮，這難道不是忠孝的表現嗎？隋文帝一聽，果然就乖乖接受了獨孤皇后的意見，結果楊素非但沒有獲罪，反而還被賜錢百萬，錦絹三千段，從此更得隋文帝的信任。

無論是隋朝國力或是隋文帝的聲望就從這個時候開始走下坡。此後隋文帝幾乎總是攜皇后待在仁壽宮玩樂，流連忘返，對政事愈來愈不上心，同時由於仁壽宮建在岐州（今陝西鳳翔縣），距離京城長安大興城足足有兩百多里，為了讓皇帝皇后的旅途更加舒適，楊素又沿途建了十二座離宮。隋文帝前半生為人所稱道的樸素之風至此澈底的蕩然無存。

第三，最糟糕的是，晉王楊廣（西元569—618年）想要奪嫡，楊素竟然成為他的幫凶，不但不斷幫著楊廣出壞主意，還不斷在隋文帝面前詆毀無辜仁厚的太子楊勇（生年不詳，卒於西元604年），最終楊廣奪嫡成功，如願以償成了太子。

仁壽二年（西元602年），獨狐皇后去世，隋文帝有了兩個寵妃。兩年後，隋文帝臥病，這兩個妃子以及楊素等少數極親近的大臣都被召進仁壽宮隨侍左右。不久，太子楊廣也被召來住在大寶殿。一天，楊廣大概是想到父親應該就快不行了，想要及早了解關於自己的登基事宜，便寫了一封信派人送去給楊素詢問，楊素接了信，絲毫不考慮楊廣此舉實在有違倫常，好像巴不得父親趕快嚥氣似的，竟逐條一一答覆，不料回信被宮人誤送到文帝的寢宮，文帝看了自然是極為憤怒。

這還沒完，天剛亮，文帝的寵妃之一宣華夫人出去更衣，竟然被楊廣糾纏，企圖非禮，稍後文帝得知這件醜事，憤怒遂達到頂點，手握拳頭捶著床大罵：「這個畜生！怎麼可以把國家大事交付給他！」還大呼「獨孤誤我！」，意思是懊悔當初不該聽獨孤皇后的話廢了長子楊勇，而改立這個大逆不道的次子楊廣做太子。

迫切希望趕緊撥亂反正的文帝立即叫來兩個臣子起草機密文件，要廢掉太子楊廣，重新立長子楊勇為太子，也就是說希望在自己死後還是讓長子來繼承皇位。就在這個關鍵時刻，楊素獲悉此事，立刻做出一個決定，這個決定可說改寫了隋朝以及中國的歷史。

楊素立刻跑去向楊廣告密！於是，原本就心狠手辣的楊廣馬上帶著人手趕到，先把那兩個大臣抓起來，搜出那封機密文件當場毀掉，甚至還殺了父親。

楊廣就用這樣無恥的手段當上了皇帝，成為隋朝第二任、同時也是最後一任皇帝，是為隋煬帝。後世史家總不免假設，如果不是楊素告密，如果楊勇重新做了太子，然後繼位為帝，很可能隋朝後來就不會亡得那麼快了。

翌年（大業元年，西元605年），楊素被升任為尚書令，同時隋煬帝還賜給他很多珍貴的財物。又過了一年，隋煬帝拜楊素為司徒，又改封他為楚國公，食邑兩千五百戶。同年，楊素死在任上，走完了六十二年的人生，死後被追贈

為光祿大夫、太尉等等，謚號「景武」，葬禮十分風光，可說倍極哀榮。

楊素死後，長子楊玄感（生年不詳，卒於西元613年）繼承了他的爵位。後來楊玄感起兵事敗，遭到誅殺（楊玄感是隋末首先起兵反隋煬帝的貴族首領），整個楊素家族也因此受到株連而被誅殺殆盡。

直言敢諫

魏徵

（西元580—643年，隋末唐初）

魏徵生於北周靜帝期間，字玄成，祖籍巨鹿郡下曲陽縣（今晉州市）人。是隋唐出色的政治家、史學家和文學家。值得注意的是，魏徵雖然也做過宰相，輔佐唐太宗李世民（西元599—649年），共同創建「貞觀之治」的大業，有「一代名相」的美譽，但相比之下魏徵還是以一個「諫臣」的形象萬古流芳，可以說是中國歷史上最富盛名的諫臣。

所謂「諫臣」，就是對皇帝言行乃至施政能夠直言規勸的臣子，在過去「伴君如伴虎」的封建時代，一個優秀的諫臣必定都是為人正直、剛正不阿的忠君愛國之士。

魏徵的父親魏長賢（生卒年不詳）精通文史，博學多才，曾經做過北齊的著作郎，後來因為直諫朝政，被貶為上黨屯縣令。魏徵耿直的性格似乎遺傳自父親。由於父親早逝，家道中落，魏徵的少年時期相當困苦，但是他性格堅強，胸懷大志，仍然努力讀書，為日後從政打下了很好的基礎。

魏徵的青年時期正處於動亂不斷的隋末，為了避難，還曾經出家做過道士。後來反抗隋朝的武裝力量四起，在隋大業十二年（西元616年），三十七歲的魏徵因緣際會地投到了李密（西元582—619年）的麾下，主管軍中文書。過了一段時間，隨著局勢的變化，又輾轉向李淵（西元566—635年）投降。李淵就是後來的唐高祖，也就是唐朝的開國皇帝。

來到長安以後，魏徵被太子李建成（西元589—626年）網羅，從此為太子效命，直到西元626年發生了「玄武門之變」、唐太宗李世民登基以後，才開始成為唐太宗身邊重要的臣子。

魏徵為官多年，一直以「直言敢諫」而聞名。根據《貞觀政要》的記載和統計，魏徵一生的諫言多達幾十萬字，當面向唐太宗提出諫言則至少有五十次，而且無論是次數之多、言辭之激切、態度之堅定，都是其他大臣難以相提並論的。

貞觀十七年（西元643年），魏徵在操勞了十七年以後病逝，享年六十四歲。魏徵的死，令唐太宗非常傷心，還為此罷朝五天。

當唐太宗派人到魏徵家裡去慰問，表達哀悼之意時，得到一頁魏徵的遺表（「遺表」就是古代大臣臨終前所寫的章表），由於當時魏徵已經病重，字跡頗為無力和潦草，經過努力辨認，唐太宗才讀出魏徵寫的是：「天下的事情，有善有惡，任用善人國家就安定，任用惡人國家就衰敗，公卿大臣中，感情有愛有憎，自己憎的就只看見他的惡，自己愛的就只看見他的善。愛憎之間，應當審慎，如果愛而知道他的惡，憎而知道他的善，除去邪惡不猶豫，任用賢人不猜忌，國家就可以興盛了……」

唐太宗看了魏徵這份遺表，明白魏徵直到生命最後一刻都還心心念念著希望能夠恪盡諫臣的職責，大受感動。同時，由於唐太宗認為要做到魏徵這最後的提醒實在很難，因此還特別要求很多公卿侍臣把這些話寫在手板上，只要一發現自己犯了魏徵所提醒的毛病，就一定要進諫。

（「手板」就是「笏板」，是古代大臣上朝時拿在手上的東西，可以用來記錄君命，也可以將自己要對君王上奏的話先記在上面，防止遺忘。）

不過，如前所述，以諫臣來說，大概真是沒人可以跟魏徵比，因此唐太宗才會講了那番名言：「夫以銅為鏡，可以正衣冠；以古為鏡，可以知興替；以人為鏡，可以明得失。朕常保此三鏡，以防己過。今魏徵殂（『死亡』的意思）逝，遂亡一鏡矣！」從唐太宗這樣的感嘆，就可以看出魏徵在他心目中的分量有多重了。

唐太宗下詔要厚葬魏徵，但魏徵的妻子表示，魏徵生平的作風向來非常樸素，厚葬恐怕不符合魏徵慣有的行事準則，因而婉拒，只用一輛小車裝載著魏徵的靈柩，非常低調。然而唐太宗一方面想要表達自己的哀思，一方面也還是想要善待這麼一位難得的臣子，因此召文武百官出城相送，並且親自刻書碑

文，然後追贈魏徵為司空，相州都督，謚號「文貞」。

同年，唐太宗命大畫家閻立本（約西元601—673年）畫「二十四功臣像」放入凌煙閣，魏徵名列第三。

魏徵著有《隋書》序論，以及《梁書》、《陳書》、《齊書》的總論等等，當然，魏徵的許多言論都還是在《貞觀政要》裡，其中最著名的就是《諫太宗十思疏》（簡稱《十諫》）。

唐太宗與魏徵之間有很多問答都非常精采。比方說，有一回唐太宗問：「君主要怎麼樣才能明辨是非？怎麼樣叫做昏庸糊塗？」魏徵的回答是：「能夠廣泛的聽取意見就能明辨是非，如果只偏信某一個人的說法就容易昏庸糊塗」。後世就把魏徵這番觀點提煉成一個名句——「兼聽則明，偏聽則暗」。

此外，一千多年以來魏徵還一直活在民間傳說裡，這就是「魏徵斬龍」的故事。

傳說在長安涇河的老龍王為了與一個算命先生打賭，竟賭氣亂施雨水，因而觸犯了天條，玉帝決定加以嚴懲，特別要派正直的魏徵在某日午時三刻負責監斬老龍王。

老龍王在前一天可憐兮兮的跑來向唐太宗求情，請他救命。唐太宗滿口答應，第二天就宣魏徵入朝，然後故意把魏徵留下來，要魏徵陪自己下棋。快要到午時三刻的時候，魏徵打起了瞌睡。唐太宗體恤魏徵平日的辛苦，也不叫他，隨他睡，心想反正只要把魏徵留住就行了，沒想到後來才知道魏徵竟然在夢中斬了老龍王。

老龍王怨恨唐太宗言而無信，此後陰魂不散，天天夜裡都跑來搗亂，弄得唐太宗老是做惡夢。魏徵得知皇上受了驚擾，就派秦瓊（生年不詳，卒於西元

638年）和尉遲恭（也就是尉遲敬德，西元585—658年）兩名大將，每天夜晚都守在宮門前門保駕，這樣過了一段時間，老龍王總算不敢來鬧了。

可是，過了沒幾天，怨氣沖天的老龍王又跑到宮門後門要找唐太宗算帳，魏徵就趕緊提著寶劍親自為唐太宗來守衛後門，總算漸漸平息了這場風波。

後來，唐太宗體諒他們的辛苦，就命人畫了他們三個的畫像，然後把秦瓊和尉遲恭的畫像貼在宮門前門，把魏徵的畫像貼在宮門後門，結果發現也同樣很有效果，能夠夜夜安眠。從此這種做法就逐漸在民間廣為流傳。如果是雙門，大家就貼秦瓊和尉遲恭的畫像；如果是單門，就只貼魏徵的畫像。他們就此成了在民間廣受歡迎的門神。

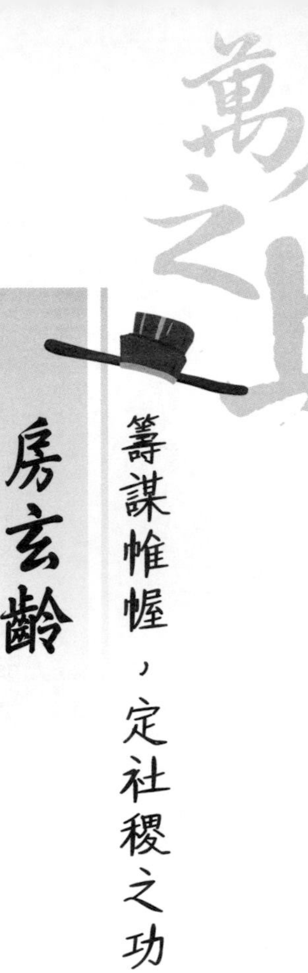

房玄齡

籌謀帷幄，定社稷之功

（西元579—648年，唐朝）

後世史家在評論唐代賢能的宰相時，無不首推房玄齡，其次是杜如晦（西元585—630年）。兩人年齡相仿，房玄齡比杜如晦年長六歲，房玄齡擔任尚書左僕射，杜如晦擔任尚書右僕射，可以說是唐太宗的左膀右臂，都是唐太宗的得力宰相。

兩人雖然性格特點不同，但總能做很好的配合。不僅外界總把他們倆相提並論，合稱「房杜」，後世還有一句成語，叫做「房謀杜斷」，形容能人之間的合作無間，以大白話來說就是「強強聯合」。根據《舊唐書．房玄齡杜如晦傳》裡的描述，每當唐太宗與房玄齡研究國事，房玄齡總能提出很多精闢的意見以及具體可行的方法，唯獨在需要做決斷的時候會比較缺乏魄力，這個時候就很需要杜如晦來做出決斷。也就是說，房玄齡善謀略，杜如晦善決斷，兩相配合，同心輔政，後人經常用「笙磬同音」來形容他們倆良好的默契。（「笙」和「磬」都是玉石或金屬所做的樂器，發出的聲音非常近似。）

可惜杜如晦滿早就病逝了，享年僅四十五歲，房玄齡則享年六十九歲，比杜如晦多服務了二十幾年。

「玄齡」是字，他的本名叫做房喬，不過一千多年以來他都是「以字行於世」，意思是以他「玄齡」這個字留載史冊。

房玄齡是齊州臨淄（今山東省淄博市臨淄區）人，出生於官宦世家，祖父和曾祖父都在南北朝的時候做過官，父親房彥謙（西元547—615年）是學者，同時也在隋朝的時候做過涇縣令。房玄齡在這樣的家庭成長，自幼耳濡目染，接受很好的教育，而他本人也相當聰慧，不僅博覽群書，善詩能文，又跟著父親習得一手好書法，工草隸。後來在十八歲的時候本州舉進士，先後授羽騎尉等職。

（「羽騎尉」是隋朝武散官名，「散官」就是有官名而無職事的官稱。）

隋朝末年，天下大亂。西元617年，晉陽留守李淵率兵入關，攻占了隋朝的首都長安（今天的西安），房玄齡在渭北投奔李世民。此時的房玄齡已將近四十歲，思想、見識等各方面都處於一種相當成熟的階段，從此經常隨著秦王

李世民出征，不僅出謀劃策，還負責典管書記，任秦王府記室。

房玄齡比秦王李世民年長二十歲，為了報李世民的知遇之恩，房玄齡可說盡心盡力，處處為李世民著想。也由於他的遠見，確實為秦王府實力的不斷提升做出很大的貢獻。比方說，每當秦王平定一處，別人大多爭著搜羅各種值錢的東西，房玄齡卻總是積極為秦王府網羅地方人才，包括後來與他並稱的杜如晦，都是經過他的大力舉薦才進入秦王府的。房玄齡這種毫無私心的氣度著實難得。

房玄齡在秦王府工作多年，每逢秦王需要寫什麼軍書奏章，幾乎都由他來處理。房玄齡文思敏捷，條理清晰，文筆精鍊，義理豐富，更厲害的是還不需要打草稿，總是提筆就寫，一氣呵成。李淵也很欣賞房玄齡，曾對身邊的人盛讚房玄齡，認為房玄齡是一個能夠委以重任的人。

西元626年，在玄武門之變中，四十七歲的房玄齡和杜如晦等五人的功勞並列第一，房玄齡因功進爵為邢國公。李世民還特別稱讚房玄齡「籌謀帷幄，定社稷之功」。

在李世民即位以後，房玄齡被任命為中書令。「中書令」是協助皇帝在宮廷處理政務的官員，工作內容包括負責在皇帝的書房裡整理宮內文庫檔案，與皇帝有頻繁接觸的機會，由此可見房玄齡是多麼受到唐太宗的信賴和倚重。

房玄齡十分重視吏治，認為吏治問題是政治清明的根本。這個看法與唐太宗不謀而合，唐太宗也認為治國要道之一就是力求官吏皆能公平正直。在選拔官員的問題上，唐太宗主張「量才授職，務省官員」，就是說要適才適用，讓每一個人都在最適當的位置上，還要精簡人事，避免冗員。房玄齡忠實的貫徹唐太宗在這方面的思想，不僅精簡文武百官，還讓每一個官員都能在自己的位

子充分發揮所長。這麼一來，不但有效節省國家財政開支，減輕人民負擔，也大大提高了朝廷各部門的行政效率。

房玄齡相當精通典制政令。在他開始擔任中書令的貞觀初年，天下初定，很多典章制度都還不夠完備，急需整頓和建設，他便與杜如晦一起努力，舉凡一切的法令、禮樂、制度，乃至於亭臺樓閣等建築物的規模，都一一重新整理和制定。這是他們兩人對唐朝的一大貢獻，在當時就獲得一片讚譽，對後世也有深遠的影響。比方說，房玄齡在修定律令的時候，一方面取消隋朝許多苛刻殘酷的刑法，一方面則秉持寬厚平和的原則，簡化律令，後來被長時期的沿用，在唐朝將近三百年之中幾乎沒有什麼太大的變動。

房玄齡就這樣兢兢業業的做了十幾年的宰相。他不忘當年追隨李世民平定天下、備嘗創國立業之艱辛的日子，深知守成不易，所以總是起早貪黑，全力以赴，不敢稍有懈怠，時時刻刻所思所想都是如何讓國家長治久安。因此，後來在貞觀後期唐太宗不肯聽他的規勸、堅持要去征高麗，真是讓房玄齡心焦不已。

貞觀二十二年（西元648年），房玄齡病倒了，唐太宗非常關心，馬上派名醫去為他醫治，並下令供給御膳，還親臨探望。後來，房玄齡在病重時心情無比沉重的對幾個兒子說，當今天下清平，只是陛下卻執意要去打高麗，這已經成了國家的一大禍患，眼看陛下那麼堅決，誰都不敢多說什麼，生怕陛下震怒，可如果我明知這是一個錯誤卻也跟著不吭聲，我會含恨而死的！

說罷，房玄齡就強撐著虛弱的身體，向唐太宗上了一份奏章，請求唐太宗能夠以天下蒼生為重，停止遠征高麗的行動。唐太宗看了這份奏章，雖然還是不肯聽勸，倒也沒有發怒，還頗為感動的對愛女、同時也是房玄齡的兒媳高陽

公主說，哎，這個人病得那麼重，都快死了，還這麼的憂國憂民，真是太難得了。

在房玄齡臨終之際，唐太宗親自來到他的病榻前握住他的手，跟他訣別，並且當場立授其次子房遺愛為右衛中郎將，三子房遺則為中散大夫，想讓房玄齡在有生之年看見這兩個兒子的富貴。

（房玄齡的長子房遺直則是承襲父親的爵位，本來就已經夠富貴啦。）

不久，房玄齡與世長辭。唐太宗為之罷朝三日以表哀思，還追贈房玄齡為太尉，謚號「文昭」。

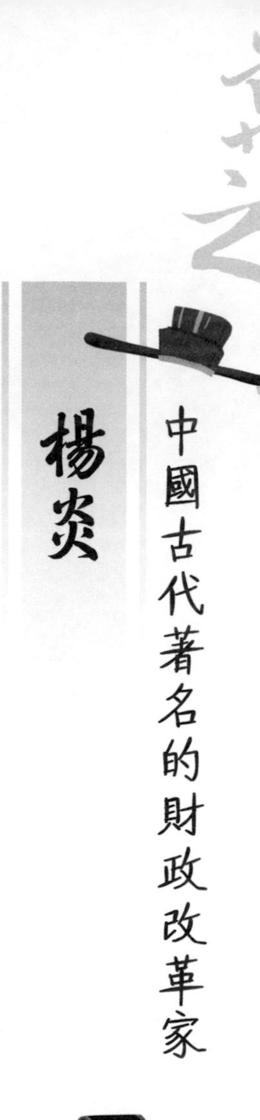

楊炎

中國古代著名的財政改革家

（西元727—781年，唐朝）

楊炎被譽為「中國古代著名的財政改革家」，他擔任唐朝宰相的時間雖然只有短短一年多，但他所開創的「兩稅法」為中國封建社會的財賦制度創造了一個新的開端，不僅有助於平衡財政收支，也使人民貧富負擔趨於合理，這個新制還被唐朝之後的五代、宋朝及明朝所沿用。

先要說一下楊炎所處的時代。楊炎是唐德宗（西元742—805年）時代的宰相。唐德宗是唐玄宗（西元685—762年）的曾孫。唐朝國祚一共289年（西元618—907年），玄宗時期曾經是最鼎盛的一個時期，不止是唐朝最鼎盛、同時也是中國歷史最鼎盛的時期，可惜在玄宗末年至代宗初年的安史之亂（西元755—763年）過後，唐朝就元氣大傷，明顯的由盛而衰。

西元779年，唐德宗即位的時候，安史之亂過去才十六年，整個大唐王朝還沒從這場嚴重的內亂中緩過來。唐德宗在位二十六年，初期嚴禁宦官干政，頗有一番中興氣象，而根據史料記載，唐德宗的主要成就就是在財政上「廢租庸調制，改行兩稅法」，但其實這個新政就是由宰相楊炎所推動和執行的。

楊炎出身於官僚世家。字公南，鳳翔天興（今陝西鳳翔）人。從政之始，是應河西節度使之召，任書記官。西元777年，為宰相元載（生年不詳，卒於西元777年）所提拔，擔任吏部侍郎，主管丞相御史公卿之事。這個時候是唐代宗（西元727—779年）在位，這一年，楊炎已經五十歲了。

然而，沒過多久，元載獲罪被殺，楊炎也受到牽連而被貶職。直到代宗過世，德宗即位，在宰相崔祐甫（西元721—780年）的推薦之下，楊炎才得以重返朝廷，任門下侍郎、同中書門下平章事；前者屬於皇帝近侍，後者就是宰相。

建中元年（西元780年），在唐德宗的支持之下，楊炎定議改革賦稅制度，在全國範圍內大力推行兩稅法。

過去，天下租賦彷彿都是皇帝的私產，政府有關部門無法統計準確的收支數目，自然也就很難統籌經濟，而大盈內庫由三百個宦官負責管理，這些宦官貪贓枉法，開支無度，形成國家的一個毒瘤。這種亂象至少已經維持了三十

年，楊炎上書德宗痛批，強調財賦是國家的根本所在，也是社會安定、百姓安寧的首要前提，財賦問題一旦出了什麼差錯，必然就會出現動蕩。

此時，四十出頭的唐德宗聽了這番分析真是心有戚戚焉；因為安史之亂爆發的時候，德宗十四歲，當長安失守時，除了唐玄宗狼狽出逃四川之外，德宗和其他皇室成員也一起飽嘗了戰亂之苦，而事後分析，打從宰相李林甫（西元683—753年）憑著玄宗的信任專權用事長達十九年，就已經種下了惡因，而後來繼李林甫出任宰相的楊國忠（生年不詳，卒於西元756年）是靠著妹妹楊貴妃（也就是楊玉環，西元719—756年）才飛黃騰達，可上任之後絲毫不以天下蒼生為念，只知一味搜刮民財，以至於朝政腐敗，百姓怨聲載道，這才給了安祿山（西元703—757年）可乘之機……總之，唐德宗決定要支持楊炎進行賦稅改革。

楊炎認為，在唐代中葉以後，均田制已幾近瓦解，而在此基礎之上的租庸調制也已經不能適應社會的變化，特別是在安史之亂以後，田地荒蕪，戶口資料又嚴重失實，必須大膽變法立制，以變應變。

所謂「兩稅法」，是革除過去以丁口為基本征稅依據的規定，實行以當時居住地為準，並以貧富來定等級標準的一種新的辦法，規定兩稅為國家正稅，再根據地域及生產物的不同，每年六月征收「夏稅」、十一月征收「秋稅」。如果是居無定所的商人，則由所在州縣征收其財產總額三十分之一的稅。此外，兩稅之外各地不許枉征一役，也不許枉收一稅。

與過去的賦稅制度相較，兩稅法顯然要合情合理得多，既杜絕了官府的橫征暴斂，又擴大了征稅面，十分有助於平衡國家財政收支，可以說相當成功，為振興唐代社會經濟做出了重大的貢獻。

然而，就像歷代所有的改革總會引起既得利益階層的牴觸一樣，兩稅法也是一樣，結果，唐德宗為了自保竟很快就不再支持楊炎改革，還放任那些反對派對楊炎所羅織的「欺上罔下」的罪名。簡單來講，就是改革的成果歸於皇帝，改革者卻只有死路一條，實在是令人唏噓不已。

西元781年，楊炎被貶謫崖州。唐代的崖州最早在今天海南島西部，後來遷往今海南北部。今天位於海南三亞的崖州古城則是從南北朝開始建制。從唐代開始就陸陸續續總有不少臣子被流放到崖州，其中不乏是遭奸人陷害的忠良，楊炎就是其中之一。

而且楊炎還沒能抵達崖州；他在半途就被賜死了，享年五十四歲。

趙普

普天之下，道理最大

（西元922—992年，北宋）

趙普，字則平，是五代至北宋初年著名的政治家，也是北宋的開國功臣。原本是幽州薊人，後來遷居至洛陽。

趙普早年曾經在五代時期的名將劉詞（西元891—955年）身邊做過事，之後擔任趙匡胤（西元927—976年）的掌書記，這是掌管軍政和民政機關的機要祕書。

西元960年，趙普三十八歲那年，策劃發動了陳橋兵變，趙匡胤因此推翻了後周，建立了宋朝。就這樣，趙匡胤成了宋太祖，趙普則成了開國功臣。當時，趙匡胤為了政局的穩定，以及維繫舊有朝廷官員之心，還是任用後周諸多大臣，但論功行賞，在陳橋兵變中出力較多者包括趙普，也都還是獲得了獎賞，趙普就被任命為諫議大夫、樞密直學士。

就在建隆元年、也就是宋太祖趙匡胤建立宋朝那一年的年末，一天，趙匡胤召見趙普，問了一個困擾他許久的問題：「從唐末以來，為什麼數十年之間帝王換了這麼多，爭戰無休無止？如果想要天下從此沒有戰亂，國家長治久安，有什麼好辦法嗎？」

關於這個問題，其實趙普早有思考，便回答道：「這個問題的癥結都在於藩鎮的權力太大了啊。」

趙匡胤深以為然。那麼，想要削弱藩鎮的力量、加強中央集權，就得先想辦法讓皇帝把兵權牢牢的握在手裡。最初趙匡胤認為像石守信（西元928—984年）這些與自己結成異性兄弟的開國功臣不會背叛自己，但是趙普提醒說，石守信他們自己固然不會，但難保他們的手下會有什麼想法，那同樣會很棘手，搞不好會重演陳橋兵變的事；在陳橋兵變這個事件中，不就是趙匡胤的手下拿出黃袍披在他的身上，然後一致擁立他做皇帝的嗎？

趙匡胤想想，說得也是，他可不願讓陳橋兵變這樣的事再度重演，但是他也不想在王朝建立之後就屠殺功臣，於是就在翌年（西元961年）七月初九宴請石守信等將領，然後在氣氛很好、酒酣耳熱之際，先是跟大家大吐苦水，說這個皇帝真是不好做啊，總是要防範任何變亂，連覺也睡不安穩，比不上你們可

以高枕無憂啊……接著，在大家都紛紛表了忠心之後，趙匡胤又說，我知道你們都沒問題，我絕對相信你們，但是就怕哪一天你們的手下有什麼想法……說著，話鋒一轉，直說人生在世最重要的不就是有充足的銀子，有田產，過好日子嗎？還表示願意和大家結為兒女親家，從此君臣之間和樂融融，真正都是一家人，永遠都不會有猜忌，這樣不是很好嗎？

第二天，石守信等人便都辭去軍職，交出兵權，回到地方上頤養天年去了。這就是歷史上有名的「杯酒釋兵權」。趙普因有獻策之功，翌年升為樞密使、檢校太保等。

在宋朝建立之後四年，趙普當上了丞相。趙普頗受趙匡胤倚重，不僅協助趙匡胤削奪藩鎮、罷免禁軍宿將兵權、改革管制等等，實行「更戍法」也是出自他的建議。

所謂「更戍法」，又稱「出戍法」，以禁軍分駐京師與外郡，採內外輪換，定期回駐京師，但是將領並不隨著軍隊調動，如果是出戍邊遠條件比較惡劣的地區，軍隊則是以半年為期輪換，將領同樣並不跟著調動；這麼做的目的都是為了製造「兵無常帥，帥無常師」，甚至「兵不知將，將不識兵」，雖然有效防止了將領專權的弊端，卻也同時削弱了軍隊的戰鬥力。一百年後，到了北宋第六位皇帝宋神宗（西元1048—1085年）時期，在希望提高軍隊作戰能力的前提之下，更戍法才被廢止。

可以說北宋初年許多重要的制度都是由趙普所設計和推動的，包括統一全國的戰爭，關於定出「先南後北」的決策（先統一北漢，再奪取燕雲十六州），趙普也「襄贊有功」，就是說有輔佐和協助的功勞。

開寶九年（西元976年）十月，宋太祖趙匡胤駕崩，趙光義繼位，是為宋太

宗。宋太宗在位時期，趙普仍然頗受重視，甚至到了晚年曾經三次上表以年老多病，請求告老還鄉，宋太宗都迅速派出使者前來安撫慰問，並加太師銜、封魏國公，讓他安心在家養病，可還是一樣享受宰相待遇。

後來，趙普病逝在洛陽，享年七十歲。得知他的死訊，宋太宗痛哭流涕，盛讚趙普「能決斷大事」，又非常盡忠職守，是一位真正的社稷之臣。宋太宗遂追贈趙普為尚書令，追封真定郡王，賜謚忠獻。

趙普一生服務了宋太祖和宋太宗兩位皇帝，和兩位皇帝之間各有一個著名的軼事。

先說與宋太祖有關的小故事。據說，有一回，宋太祖問趙普：「普天之下，什麼東西最大？」趙普想了一會兒，很快便回答：「普天之下，道理最大。」宋太祖對這個答案很滿意，還稱讚道：「對，你說得對極了，在這個世界上確實是『道理』最大，就是我這個做皇帝的也要服從道理哪！」

和宋太宗有關的小故事則是這樣的。一天，宋太宗問趙普：「聽說你讀書只讀一部《論語》，是真的嗎？」趙普回答：「臣所知道的確實不超出《論語》這部書，過去臣以半部《論語》輔助太祖平定天下，現在臣用半部《論語》輔助陛下，便天下太平。」據說在趙普死後，家人打開他的書箱，裡頭果真只有一部《論語》。因此，「半部論語治天下」就成了趙普的名言，影響後世相當深遠，甚至成了以儒學治國的代表性名言。

趙普和宋太祖之間有沒有過關於「道理最大」的討論，後人不大清楚，但是根據學者考證，其實趙普跟「半部《論語》治天下」這句話沒有一點關係，甚至這句話在西元1200年之前都未曾出籠。

眾所周知明朝大學問家朱熹（西元1130－1200年）把《論語》、《孟

論語

子》、《大學》和《中庸》稱做「四書」，列入儒家經典，大肆宣傳儒學，但即使如此，在當時也沒見到過「半部論語治天下」這樣的說法。根據學者考證，這樣的說法應該是在朱熹過世二三十年之後才出籠的，而真正流行開來則是在元代（西元1271—1368年）。

元代對儒學和儒生都非常輕視，甚至在大眾論及十種行業的社會地位時還有「九儒十丐」之說（一官、二吏、三僧、四道、五醫、六工、七獵、八娼、九儒、十丐），儒生的社會地位不僅比不上官吏，居然連和尚、道士、勞工階層等等都不如，只比最差的乞丐要好那麼一點點！簡直是太過分了！因此當戲曲作家高文秀（生卒年不詳，只知道是生活在元代）在一齣雜劇《遇上皇》中寫下「半部《論語》治天下」這句臺詞之後，儒生們都樂於積極傳播，而這些儒生多半都是私塾先生，要不就是劇作家，藉著他們的口和筆，這句話就這麼

迅速流傳開來，而且不知怎麼就安在了趙普的頭上。其實這句話無非也就是那些窮書生自我標榜、自我安慰的產物罷了。

寇準
力主皇上親征

（西元961—1023年，北宋）

寇準是北宋傑出的政治家，同時也是出色的詩人。他出身名門望族，從小就非常聰明，又好學不倦，很早就展現出不凡的才氣，七歲那年隨父親登華山，就留下「只有天在上，更無山與齊。舉頭紅日近，俯首白雲低」這樣不錯的詩句，十四歲更是寫出不少優秀的詩篇，十五歲精習《春秋》，得到很多前輩的讚賞。

寇準字平仲，華州下邽（今陝西渭南）人。在唐朝的時候，下邽就出過兩位名人，一位是名將張仁願（生年不詳，卒於西元714年），另一位是大詩人白居易（西元772—846年），所以後人就將張仁願、白居易與寇準稱為「渭南三賢」。

太平興國五年（西元980年），寇準考中了進士，這年他才十九歲。本來在赴考前，很多人都建議他最好隱瞞年齡，因為宋太宗選取進士向來偏好選那些較年長的，年輕人往往沒有什麼機會，可是遭到寇準的拒絕，由此就可看出他性格的耿直。結果，不願虛報年齡的寇準憑著真才實學還是考取了，被授官大理評事，隨即被派往歸州巴東任知縣，這就是寇準從政的開始。後來他又先後升任樞密直學士等官職，歷練了幾年，直到九年後因為一次大膽的進諫，引起了宋太宗的注意。

那天，由於寇準說得相當直接，忠言逆耳，宋太宗很不高興，就從龍椅上站了起來，轉身想要回內宮，沒想到寇準居然伸手一把扯住了宋太宗的衣角，勸太宗重新落座，聽他把話說完。事後宋太宗非常讚賞寇準，還連連表示：「我得到了寇準，就像當年唐太宗得到了魏徵一樣啊！」

至道三年（西元997年），宋太宗駕崩，二十九歲的太子趙恆（西元968—1022年）繼位，是為宋真宗。此時寇準三十六歲，擔任尚書工部侍郎。其實真宗很早就想讓寇準來做宰相，但又有些擔心寇準的性格太過剛直，似乎不易和其他的大臣合作。

過了七年，景德元年（西元1004年），由於遼國大舉南侵，參知政事畢士安（西元938—1005年）向真宗力薦寇準為相，再三表示寇準「天資忠義，能

斷大事」，認為值此關鍵時刻只有寇準能夠帶領大家禦敵保國。真宗接受了畢士安的建議，於是這年八月，四十三歲的寇準和六十六歲的畢士安同日拜相。

一上任，寇準立即面臨嚴峻的局勢。因為僅僅只隔了一個月左右，遼聖宗和他母親蕭太后率著三十萬大軍從幽州出發，浩浩蕩蕩的向南推進，很快就深入宋境，直抵澶州北城，距離宋朝的首都開封只有一河之隔！

看到遼國如此來勢洶洶，宋朝這兒朝野大驚，真宗本人也快嚇壞了。當時的朝臣多數都是投降派，而且都滿懷私心，譬如大臣王欽若（西元962—1025年）建議遷都金陵（今江蘇南京），因為他是江南人，大臣陳堯叟（西元961—1017年）則建議遷都成都，因為他是四川人。其實，所謂「遷都」還不就是逃走的意思，但還有堂堂副宰相級別的中樞大臣連掩飾的功夫都免了，公然主張不戰而逃，可見當時大家的內心有多麼地恐懼！唯有宰相寇準，嚴厲痛批這

宋

些遷都、逃走之說，還鄭重宣布要是有人膽敢再說什麼遷都或逃走，馬上就先拉出去砍頭，才總算遏制了這些沒出息的言論。

同時，寇準不僅主張應該勇敢抗戰，還強烈主張御駕親征！就是說，他要求真宗親自上前線！希望以此來激勵將士們的士氣，讓大家都能奮勇殺敵！

就在寇準反覆要求和督促之下，真宗在猶豫了一個月之後，終於硬著頭皮踏上了親征之路。不過，才剛到韋河（今河南洮陽縣東南），一聽說遼軍陣容壯大，真宗就不想渡河了，直想回開封，寇準拼命勸阻，嚴肅的表示如果真宗不過河，一定會影響軍心，這樣就沒有辦法壓制住敵人的氣焰，接下來想要取勝也就沒有把握了！

真宗只得勉強渡河，登上城樓，將士們看到皇帝來了，果然一個個都激動得不行，頻頻高呼「萬歲！」，響聲震天，士氣大振！在緊接而來的幾場戰鬥中，宋軍居然非常難得的大敗遼軍，而遼軍眼看不易取勝，鬥志也就漸漸瓦解，遂主動派人前來講和。

經過幾次討價還價（這中間還多虧寇準暗中替宋朝保住了底線，不至於做過多無謂的損失），宋朝代表與遼國簽訂合約，約定遼軍撤出宋朝國境，兩國約為兄弟，宋為兄，遼為弟（因為宋真宗比遼聖宗年長），從此宋每年給遼銀十萬兩，絹二十萬匹。史稱「澶淵之盟」。

對宋朝來說，澶淵之盟是一個充滿屈辱與無理的合約，因為當時明明宋軍是占上風，只不過由於真宗急著想回京城，對負責去談判的使者交代錯亂，結

果首開賠款的先例，成為宋朝財政的重負，不過，這個合約也結束了宋遼之間的戰爭，使邊境相對穩定，兩國從此保持了上百年的和平。

澶淵之盟簽訂之後大約兩年，寇準因為受到其他朝臣的排擠，辭去了相位，直到十一年後（西元1017年）才又恢復宰相的職務。然而這次再度出相，即使寇準有心報國，還是不敵朝廷內部的人事鬥爭，以至於數度被貶，最後降為雷州同戶參軍。

天聖元年（西元1023年），寇準病逝於雷州，享年六十二歲。

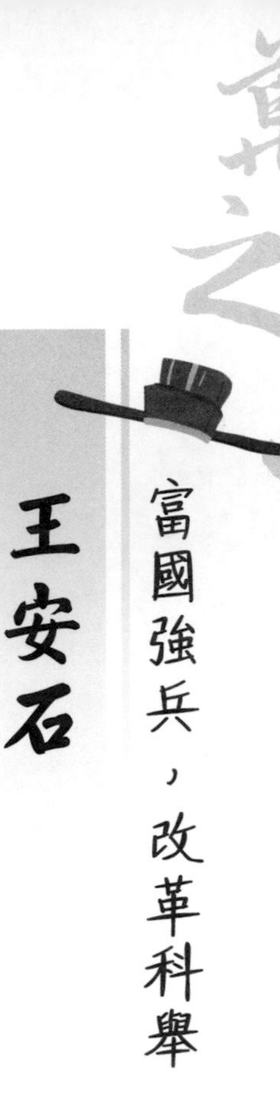

王安石

富國強兵，改革科舉

（西元1021－1086年，北宋）

王安石擁有多重身分，他是北宋著名的文學家、思想家、政治家以及改革家。

王安石字介甫，號半山，撫州臨川（今江西撫州市）人。他出身官宦之家，自幼聰明好學，早年就因文采出眾而頗負盛名，他所寫的文章，連名家歐陽修（西元1007—1072年）都讚美不已。

王安石在年少時跟隨父親宦游各地，接觸現實，對於民間疾苦早有許多體會，二十二歲那年中了進士以後，出任地方官，在地方上一待就是十五年，這麼久的地方官經歷，更使王安石深切認識到若想要改變國家積貧積弱的困局，一定要發展生產，而要發展生產就一定要先解決嚴重的土地兼併問題。

西元1058年，三十七歲的王安石赴京做官，上了一篇長達萬言的《上仁宗皇帝言事書》，主張變法。這封奏書受到了官僚士大夫一致的推崇。當然，分析起來這其中有一點背景因素，原來早在十五年前（西元1043年），范仲淹（西元989—1052年）被宋仁宗任命為參知政事，和富弼（西元1004—1083年）、歐陽修等就提出了十項改革方案，然而僅實行了一年多便以失敗告終。儘管如此，「變法圖強」幾乎已成當時士大夫們的共識，這也就難怪當大家在時隔十幾年後看到王安石的奏書時會這麼的認同。

不過，這個時候仁宗已是暮年，已無意再進行什麼改革，所以對王安石的萬言書完全沒有反應。

五年之後，仁宗過世，英宗即位，然後又過了四年，英宗又病死了，繼位的是神宗（西元1048—1085年），這個時候才十九歲。年紀輕輕、一心希望有所作為的宋神宗當初也讀過王安石上書仁宗的那封奏書，印象深刻，非常欣賞，因此，即位不久便把王安石召來，熱切誠懇地請教王安石治國之道。可以說王安石在首次上了萬言書、大談改革之道之後，足足等待了將近十年，施展抱負的機會終於來了。後來神宗命王安石把種種寶貴的分析和意見寫下來，這就是《本朝百年無事札子》，並且於西元1069年起用王安石為參知政事（即副相）。同年，中央設立制置三司條例司，作為創立新法的機構，並相繼制訂出一系列的新法。變法正式開始。這個時候，距神宗即位大約兩年。

宋神宗使用過兩個年號——「熙寧」和「元豐」，從西元1069年開始變法以後，變法一直貫穿了熙寧和元豐的十五年之間，所以又被稱為「熙豐變法」。

王安石有兩首相當有名的詩作，剛好是關於變法的兩個不同的階段，都很好的反應出他當時的心情。

第一首叫做〈元日〉。

爆竹聲中一歲除，
春風送暖入屠蘇。
千門萬戶曈曈日，

總把新桃換舊符。

大意是說，在陣陣轟鳴的爆竹聲中，舊的一年已經過去，和暖的春風送來了新年，人們歡樂地暢飲著新釀的屠蘇酒。初升的太陽照耀著千家萬戶，大家都忙著把舊的桃符取下，換上新的桃符。

「桃符」是古代的春聯。新年本來就是處處都洋溢著除舊布新的歡樂，「更換桃符」明顯是「變法」的隱喻。這首詩寫於王安石剛剛當上宰相不久、剛剛開始執行新政的時候，充滿著蓬勃的朝氣，反應出王安石內心的喜悅，應該是想到一系列的變法改革將為老百姓帶來更好的生活，而倍感欣慰吧。

然而遺憾的是，雖然王安石先後兩度擔任宰相大力推行新法，但最終還是失敗了。當王安石在五十五歲那年再度罷相之後，他心灰意冷，開始了隱居的生活，十年之後病逝於鍾山（位於今江蘇南京）。

王安石在隱居之後，寫下了一首〈梅花〉。

牆角數枝梅，凌寒獨自開。

遙知不是雪，為有暗香來。

大意是說，在牆角的那幾枝梅花呀，冒著嚴寒獨自盛開（前兩句寫的是梅花不畏嚴寒的特點）；為什麼遠遠的就能一看就知道那是梅花而不是雪呢？這是因為儘管雪和梅花都是潔白的，可是梅花會隱隱傳來陣陣的香氣啊。王安石用「暗香」來比喻才情洋溢，同時，期勉每一個人都應該像梅花一樣擁有高潔的品格，即使身處逆境、鬱鬱不得志，也依然要不改初衷，堅持操守。

這首小詩，王安石用樸素的文字，借用雪的潔白無瑕來突出梅花在潔白之餘還能默默為大家送來香氣的特點，寫出了幾許無奈，也寫出了要以高風亮節來自我期許的想法，可說是一首情景交融的佳作。

王安石所推行的新法涵蓋的層面很廣，大致可分為「富國」、「強兵」和「改革科舉制度」等三大部分。在「富國強兵」這個目標上可以說是取得了顯著的成效，變法之後，政府的財政狀況大有改善，國家的軍事實力也有了明顯的提高。譬如，變法之後七年（西元1076年），神宗派兵反擊過去不斷在宋邊境進行劫掠的交趾（今越南北方地區），從此交趾再也不敢侵擾宋境；變法之後八年（西元1077年），神宗派兵討伐西夏，取得了熙河之役的勝利，收復故地兩千里，這些都是北宋歷史上少有的勝利。

然而，由於變法的涉及面太廣，阻力很大，遭到兩宮太皇太后、皇太后以及一些元老重臣譬如司馬光（西元1019—1086年）、文彥博（西元1006—1097年）等守舊派的強烈反對，神宗為了平息反對的聲音，竟不得不先後兩次將王安石罷相。在王安石下臺後，神宗雖然將部分新法堅持到底，但不少新法虎頭蛇尾，最後終究還是黯然收場了。

以儒治國

耶律楚材

（西元1190—1244年，金朝—元朝）

耶律楚材是中國十三世紀一位了不起的政治家，同時也是一位了不起的學者。

他出身於契丹的貴族家庭，是遼太祖耶律阿保機（西元872—926年）的九世孫。耶律楚材出生的時候，父親已是花甲之年。老來得子，父親非常高興，用《春秋左氏傳》中的「雖楚有材，晉實用之」的典故，給兒子起名為「楚材」，還曾經對朋友說：「吾年六十而得此子，吾家千里駒也，他日必成偉器且當為異國用。」耶律楚材的一生，可以說完全印證了父親的預言。

自耶律楚材祖父那一輩開始，他們家就世代仕於金朝，常居燕京（就是現在的北京）。當時燕京有深厚的漢文化的基礎，這使得耶律氏世代都受到漢文化的薰陶，家風自然也是崇尚讀書知禮。在他兩歲的時候，父親過世了，他就隨母親楊氏定居義州弘政（今錦州義縣），此後仍然受到很好的教育，十二歲時入閭山顯州書院，十三歲時學習詩書，在成長的過程中深受儒家思想的影響，對於漢文更是精通，年紀輕輕就已經博覽群書，能夠掌握天文、地理、律曆、術數及釋老醫卜之說，還有了希望能夠按照儒家學說來治理天下的理想。

西元1206年，根據金朝制度，宰相的兒子能夠被賜予省掾一職，原本耶律楚材可以輕鬆獲得這個屬於中樞各省的佐治官員，但此時十六歲的耶律楚材沒有到任，而是很有志氣的表示要自己應考，後來因為成績優異而被征召授予掾職，後任開州同知。

九年後，（成吉思汗十年，西元1215年），在耶律楚材二十五歲這年，蒙古軍攻占燕京，成吉思汗（西元1162—1227年）得知耶律楚材是一個難得的人才，特地派人向他詢問治國大計。根據《草原帝國》的記載：「占領北京後，在願意支持蒙古統治的俘虜中，成吉思汗選中一位契丹族王子耶律楚材……隨即任命他為輔臣。」

耶律楚材就這樣來到成吉思汗的身邊。他身材高大，「美髯宏聲」，滿腹經綸，深獲成吉思汗的喜愛。成吉思汗稱呼他為「吾圖撒合里」，意思是「長髯人」。「髯」是指兩腮的鬍子，也泛指鬍子。

四年之後（西元1219年），二十九歲的耶律楚材開始隨著成吉思汗西征，一路上經常和成吉思汗談及關於征戰、治國和安民之道，很受到成吉思汗的欣賞和器重。又過了七年（西元1226年），三十六歲的耶律楚材又隨成吉思汗征西夏，曾諫言應該禁止州郡官吏擅自征伐殺戮，使貪暴的風氣得到收斂。

在成吉思汗死後，第三子窩闊台（西元1186—1241年）即位，耶律楚材倡立朝儀，勸窩闊台兄長等人今後要對窩闊台行君臣之禮，表示對新任國君以及制度的尊重，此舉大獲窩闊台的讚賞，稱讚耶律楚材實在是一位社稷之臣。

窩闊台即位之初，耶律楚材負責執掌中原地區的賦稅事宜，過了幾年（西元1231年），在耶律楚材四十一歲的時候，開始任中書令，也就是宰相。接下來，耶律楚材在中書令這個位置上一做就是十四年。可以說耶律楚材輔佐成吉思汗和窩闊台父子前後長達三十餘年，提出許多以儒家思想為中心的治國之

道，制定各種施政方略，在政治、經濟、文化等各方面都有很多建樹，主要就是保護農業、實行封建賦稅制度、改革政治體制、提拔重用儒臣等等，為蒙古帝國的發展以及日後元朝的建立都奠定了良好的基礎。

比方說，耶律楚材積極恢復文治，包括立宗廟、建宮室、創學校、設科舉、舉賢良、勸農桑、薄賦斂、崇孝悌等等，無一不是「以儒治國」精神的呈現。

耶律楚材也堅決反對任何戰爭中的殘暴行為。過去蒙古軍隊無論是在征服國內各民族或是侵略亞歐各國的時候，都有過這樣一個慣例，那就是只要在進攻某一個城鎮時遭遇過對方的抵抗，一旦攻下，所有的百姓除了工匠可以活命之外，其餘大多數都將被殺掉，少數的婦孺則將成為奴隸。耶律楚材十分反對這種形同屠城的野蠻慣例，再三勸告窩闊台，國家興兵打仗，就是為了得到土地與人民，如果只得到土地而沒有人民，人民幾乎都被我們殺光了，那就算得到再多的土地又有什麼用！最初窩闊台聽了這樣的意見，還頗猶豫不決，但愈想就愈覺得耶律楚材說得很有道理，後來在攻下汴京的時候，窩闊台就下令除了死對頭完顏氏一族之外，其餘全都赦免，汴京近一百五十萬百姓的性命就因此而得到保全。

總之，耶律楚材的諸多舉措，使得新興的蒙古貴族逐漸放棄了落後的遊牧生活方式，而願意採用漢族以儒家為中心的傳統思想和制度來治理中原，這不僅使得先進的中原封建農業文明得以保存和發展，也使得戰爭不斷的亂世漸漸轉為和平的盛世，為日後忽必烈（西元1215—1294年）建立元朝奠定了基礎。

尤其是科舉考試的恢復，提高了中原儒生的地位，更是為國家發掘了大量的人才，很多日後成為忽必烈時代名臣的人，都是由於耶律楚材大力推動恢復科舉之後才能夠嶄露頭角。說耶律楚材為忽必烈時期蒙古帝國的繁榮積蓄了可觀的力量實在也不為過。

可惜在窩闊台去世、皇妃乃馬真氏（史稱乃馬真后）稱制的時候，耶律楚材遭到了排擠，當權者逐漸失去了對耶律楚材的信任，沒過幾年耶律楚材就抑鬱而死，享年五十四歲。

（所謂「稱制」是指古代由皇后、皇太后或太皇太后等女性統治者來代理皇帝。）

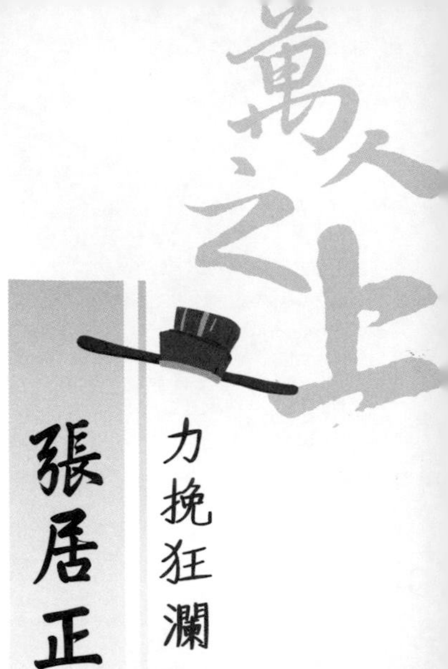

張居正

力挽狂瀾

（西元1525—1582年，明朝）

張居正是明朝中後期影響歷史走向的政治家和改革家。他是萬曆時期的內閣首輔（內閣中位列第一的輔臣），輔佐萬曆皇帝朱翊鈞（就是明神宗，西元1563—1620年）開創了「萬曆新政」，史稱「張居正改革」。史家公認張居正的改革不僅是近代最成功、影響最深遠的改革，對明朝來說更是一次力挽狂瀾式的壯舉，直接延續了明朝的國祚。

張居正字叔大，號太岳，江陵（今湖北沙市郊區）人，祖先是安徽定遠人，曾經追隨過號稱「明朝開國第一功臣」徐達（西元1332—1385年）。張居正自幼聰敏過人，很小就成了家鄉有名的神童。他的本名叫做張白圭，十二歲時參加童試，深獲主考官的賞識，主考官勉勵他要從小立大志，長大以後報效國家，然後替他改名為張居正。

嘉靖二十六年（世宗在位期間，西元1547年），張居正二十三歲的時候中了進士，從此步上仕途，最初是在翰林院任編修。當時正是嚴嵩（西元1480—1567年）當權，政治十分腐敗，年輕的張居正雖有一肚子的學問和滿腔的報國熱忱，卻苦於毫無機會，只得辭官回家。

這一辭就是三年。在這三年之中，他到處走走看看，深入民間研究老百姓的疾苦，使得他益發感覺到許多問題的嚴重性，想要拯救時局的心情也就益發迫切，後來在一種強烈責任感的驅使之下，他決定重返政壇。西元1557年，三十二歲的張居正回翰林院供職。

經過一段時間的努力，西元1567年，張居正終於以裕王府舊臣的身分，被拔擢為吏部左侍郎兼東閣大學士，進入內閣，總算可以參與朝政了。此時張居正已經四十二歲了。

又過了五年，年僅十歲的明神宗登基，在李太后和司禮監太監馮保的支持之下，張居正成為內閣首輔，有權處理一切的軍政大事。從這個時候開始，張居正一方面盡心盡力地教育小皇帝神宗，還特別親自為皇帝編寫講義，另一方面也終於可以開始大刀闊斧地實施改革了。

他首先從整飭吏治著手。因為目睹了嘉靖、隆慶（世宗、穆宗）時期的混亂政局，張居正認為吏治腐敗是一切問題的根源，於是大力加強集權，重振紀綱。為了提高行政效率，張居正頒布了「考成法」，對所有官吏實行逐級考核，只要發現冗員以及績效不彰的官員，就嚴肅進行裁撤或懲處。當然，對於表現比較好的官員，也會給予獎勵。

在提高朝廷行政效率的同時，張居正針對邊防也提出了新的方針。一方面加強北邊防務，提高軍事抗擊能力，支持戚繼光（西元1528—1588年）等名將整頓軍備，另一方面則努力改善漢蒙關係，積極加強友好往來。不久，事實證明，張居正有關邊防的策略相當成功。

在內政方面，最大的問題在於財政，因此經濟改革就成了張居正改革的重點，而張居正在這方面的改革成就也最大。尤其值得一提的是，張居正的理財政策除了為朝廷增加稅收，同時也透過多種方式設法減輕老百姓的賦稅負擔，甚至直接提出減免老百姓的稅賦。

因此，張居正首先下令清丈全國的土地，並選派精明能幹的官員嚴厲清查漏稅的田產，然後追繳欠稅。僅僅兩年左右，朝廷就丈出土地七百多萬頃，朝廷的賦稅收入因此大增，這使得國家財政危機馬上就得到有效緩解。接下來，張居正又於萬曆九年（西元1581年）下令在全國推行「一條鞭法」，簡單來講就是把一部分差役轉到地畝中，並可以交納代役銀，又規定賦稅、差役合編為一，這麼一來，不但簡化了徵收項目和手續，官吏也不容易從中舞弊，在一定程度上大大減輕了農民的負擔。

張居正擔任內閣首輔十年，建樹良多，不僅奇蹟般的在北疆化干戈為玉帛，在一定程度上也緩解了國內的民族矛盾，「一條鞭法」更是中國賦稅制度的一大變革，在中國封建社會後期賦稅制度的演變中，有著承先啟後的作用。

然而，張居正的改革雖然取得了相當大的成效，可終究還是無法改變大明王朝許多深層次的問題。

如果張居正能夠多活幾年，改革的成果應該會更好，可惜他在萬曆十年就因積勞成疾而病逝。他一過世，生前的政敵就開始迫不及待地紛紛彈劾他，連神宗皇帝也非常無情的追奪他的官爵封號，還查抄其家產，後來，張居正的長子被迫自殺，其他的家人也都遭到了迫害。

而明神宗在位四十八年，是明朝在位時間最長的皇帝，除了最初十年靠著張居正主持政務、實行一系列的改革措施，使得社會經濟有很大的發展，開創了「萬曆中興」的局面之外，後來就沒有什麼做為，甚至由於缺乏像張居正這樣的賢士應對督導，後期竟然長達二十多年不再上朝，國家政務的運轉幾乎完全停擺。此外，黨爭也長期持續，導致朝政又日趨腐敗，再加上東北的滿族開始崛起，明朝遂逐漸走向滅亡。

後來，在明神宗死後僅僅二十四年，明朝就滅亡了。這也就是為什麼很多史家都說張居正的改革實際上是延續了大明王朝國祚的原因，否則明朝恐怕早就亡了。

書生帶軍
曾國藩

（西元1811—1872年，清朝）

曾國藩初名子城，字伯涵，號滌生，是晚清重臣，中國近代著名的政治家、軍事家、理學家和文學家，湘軍的創立者和統帥。

曾國藩的故鄉是湖南長沙府湘鄉縣，出生於一個頗為殷實的人家，是家中長子。祖上可以一直追溯到兩千多年前孔子晚期弟子之一、亦是儒家學派的代表性人物之一曾子（西元前505—前435年），是曾子的七十世孫。

曾國藩出生前，祖父曾夢到有一條巨蟒纏在他們家的柱子上，而在曾國藩出生後，院子裡一棵死梧桐竟然重新長出綠葉，因此祖父深信這個小孫子是巨蟒轉世。剛巧曾國藩患有一種類似像牛皮癬之類的皮膚病，這種皮膚病因為渾身上下會起一種癬，酷似蛇的鱗片，俗稱「火蟒癬」，這麼一來家人就更加相信這個孩子是蟒蛇轉世，感覺注定是一個不平凡的孩子。據說後來曾國藩去岳麓書院念書的時候，因為不想讓別人看到自己身上這些「鱗片」，即使盛夏也穿戴整齊地讀書，先生還為此大加讚賞。

曾國藩的父親是私塾秀才，得此之便，曾國藩五歲就開始學習受教，六歲入家塾，勤奮好學，八歲就能讀四書、誦五經，十四歲能讀《周禮》、《史記》等文選。

道光十八年（西元1838年），二十七歲的曾國藩考中進士，入翰林院，為軍機大臣穆彰阿（西元1782—1856年）的門生。曾國藩勤勤懇懇，接下來在京十多年之間一步一步往上爬，十年七遷，連躍十級，一直做到了二品官位。

咸豐元年（西元1851年）元月，洪秀全（西元1814—1864年）在廣西桂平金田村組織起事，咸豐皇帝（西元1831—1861年）召見群臣商討對策。這年曾國藩四十歲，進言「今日急務，首在用人」，然後一口氣就推薦了五個人。很快的，他還上書直截了當的指出咸豐皇帝的過失，把年輕的咸豐皇帝氣得要命（這年咸豐皇帝年僅二十歲），看完曾國藩的奏折以後就一把怒擲在地上，但是過了幾天當咸豐皇帝重新再讀這份奏折，不免心服口服，還是對曾國藩加以褒獎。

翌年，太平軍出廣西，進湘鄂，所向披靡，令清廷倍感壓力。在苦思應變

之道時，清廷深感傳統的綠營和八旗兵已不足用，遂下令各省盡快舉辦團練，以助攻剿太平軍。又過了一年，曾國藩因母親過世要回湖南湘鄉守孝，這個時候太平天國運動已經席捲半個中國，他奉命正好回鄉協助湖南巡撫督辦團練。不過，沒過多久，曾國藩認為團練不足恃，根本無法迎戰太平軍，於是，為了報國，為了解決如火如荼的太平天國運動，曾國藩決定將湖南各地的團練整合組建成一支新的軍隊，這就是「湘軍」，也稱「湘勇」。（「湘」是湖南的簡稱。）

經過一年左右的訓練，咸豐四年（西元1854年）二月，湘軍傾巢而出，行前曾國藩還義正辭嚴的發表了一篇檄文（一篇聲討太平軍的文章），聲稱太平天國運動不僅是「荼毒生靈」，還嚴重破壞中國幾千年來珍貴的禮義人倫詩書典則，號召廣大的知識分子都要勇敢的站出來，共同抵抗！

有人形容湘軍就是「書生加上山農」，但是曾國藩嚴肅軍紀，帶著大家刻苦訓練，硬是迅速打造出一支強而有力的軍隊。太平天國運動前後差不多長達十四年（西元1851—1864年），勢力擴展到十七省，後來事實證明湘軍成為清政府與太平軍作戰的主要力量。由於曾國藩是漢族，滿清政府原本對地方漢族武裝不大信任，但後來也不得不倚重湘軍。

曾國藩又借助了安徽本土的力量，發展了淮軍（因為兵員及將領主要都來自安徽江淮一帶，故稱「淮軍」），並培養了比自己小十二歲的淮軍首領李鴻章（西元1823—1901年）。

總之，湘軍不但消滅了太平天國，還參與了清廷與各地其他起義軍的作戰，實實在在的挽救了清王朝，而且使兵權從此落入漢族手中，改變了當時清朝的政治格局。

除了平定太平天國，曾國藩一生的主要成就還包括他是晚清洋務運動的發起者之一。受到兩次鴉片戰爭的衝擊（第一次鴉片戰爭發生在西元1840—1842年，第二次鴉片戰爭則是西元1856—1860年），曾國藩一方面非常痛恨這些西方人侵略中國，但另一方面也能客觀分析，然後主張應該向西方學習先進的科學技術。在曾國藩的倡議之下，得以建造中國第一艘輪船，以及建立第一所兵工學堂，印刷翻譯了第一批西方書籍，安排了第一批赴美留學生等等，可以說曾國藩是中國近代化的開拓者，他的崛起，對清王朝的政治、軍事、文化乃至於經濟等各方面都產生了相當深遠的影響。

比方說，他一生奉行程朱理學，但是對於程朱理學又並不是盲目崇拜；他主張勤儉，注重為官廉潔；他繼承桐城派方苞（西元1668—1749年）、姚鼐（西元1731—1815年）而自立風格，創立晚清古文的「湘鄉派」，是湖湘文化的重要代表；還有他的軍事思想也影響了幾代人，民國初年不少軍事專家都讚賞曾國藩是近代史上一位少有的軍事天才。

西元1872年，曾國藩病故，享年六十一歲。他最後官至兩江總督、直隸總督、武英殿大學士，封一等毅勇侯，謚號「文正」，所以後人也稱他為「曾文正」。

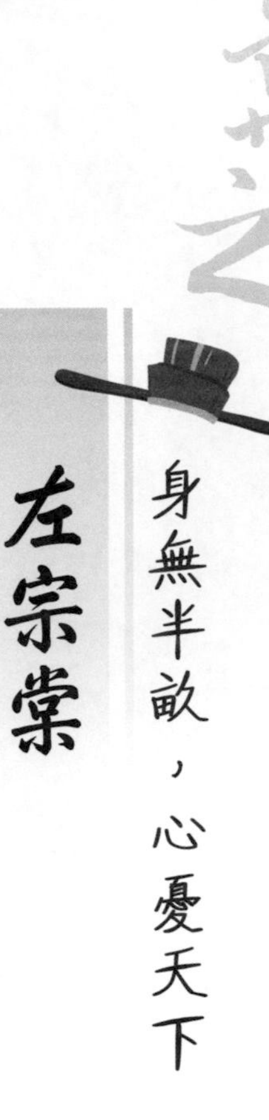

萬人之上

左宗棠

身無半畝，心憂天下

（西元1812—1885年，清朝）

左宗棠比曾國藩小一歲，從表面上看兩人之間似乎有不少共通點：比方說，都是晚清重臣；都是湖南人（左宗棠是湘陰人）；都是湘軍中的重要人物，都參與過平定太平天國運動，曾國藩是湘軍的統帥，左宗棠是著名將領；還都是晚清洋務派的代表人物之一。

不過，除了平定太平天國、推動洋務，左宗棠一生的重要成就還包括了平定陝甘，收復新疆以及建設西北。

左宗棠天資聰慧，年少時期便胸懷大志。在他四歲那年就隨父親來到省城長沙讀書，十五歲那年應長沙府試，取中第二名。左宗棠的讀書面很廣，除了讀儒家經典，還很喜歡讀那些關於中國歷史、地理、軍事、經濟、水利等多方面的書籍，而這些透過自學自修得來的廣泛知識，對他日後建功立業發揮了極大的幫助。

他曾就讀於長沙城南書院，二十歲的時候鄉試中舉，應該相當不錯了，可是此後在會試中卻屢考不中。不過，考場失意的左宗棠仍然遍讀群書，還喜歡鑽研輿地和兵法。

二十三歲那年，左宗棠曾經自己寫了一副對聯：

身無半畝，心憂天下；

讀破萬卷，神交古人。

三十年後（同治五年三月），當年過半百的左宗棠在福州寓所為兒女寫家訓時，寫的還是這幅對聯。

當左宗棠還是布衣的時候，林則徐（西元1785—1850年）就聽過他的名字。據說在道光年間，有一次林則徐途徑湖南，想見見這個年輕人，而左宗棠對林則徐更是慕名已久，急急忙忙便跑去相見。當時林則徐正在長沙的船隻裡，左宗棠在匆忙間不小心跌進水裡，渾身溼答答非常狼狽的爬上林則徐的船，行過禮後自我解嘲道：「聽說古時對待士人有『三薰三沐』的禮節，我這樣也勉強算是了吧！」

（所謂「三薰三沐」是指多次沐浴並且用香料塗抹身上，在古代是表示一種對客人極為尊重的禮遇。）

這天，兩人談得非常投機。說到新疆局勢時，林則徐忽然拍拍左宗棠的肩膀，以帶著欣賞的口吻鼓勵道：「他日完成我志向的人，大概就是你吧！」

果然，左宗棠日後真的完成了收復新疆這樁大事。當然，這是後話了。左宗棠最初是在太平軍圍攻長沙的時候嶄露頭角。

咸豐二年（西元1852年），在省城長沙危急之時，湖南巡撫得知當地有左宗棠這麼一個奇人，趕緊十萬火急的派人去請他出山。這年左宗棠已經四十歲了。他二話不說，立即投入到保衛大清江山的陣營中。當時，情勢十分緊張，左宗棠是在炮火之中讓人用繩子拴住他，把他從城牆外頭拉進城裡來的，巡撫見到奇人果真來了，大喜過望，馬上將全部軍機大事統統都交給左宗棠來處理。左宗棠夜以繼日的調度、研究，所提出的諸多建議幾乎都被採納，付諸實施，終於成功抵擋了來勢洶洶的太平軍。太平軍在圍攻長沙足足三個月都沒能拿下之後，只得無奈放棄，撤圍北去。經此一役，左宗棠一戰成名，一生的功業就此展開。

平定了太平天國之後，過了兩年，同治五年（西元1866年），左宗棠上書奏請設局監造輪船，獲准試行，於是就在福州馬尾擇址辦船廠，還派員出國購買機器、船槽等等，並創辦求是堂藝局（又稱為船政學堂），開始培養造船技術和海軍人才。同年，由於西北情勢驟變，清廷派左宗棠改任陝甘總督，左宗棠便推薦原江西巡撫沈葆楨（西元1820—1879年）任總理船政大臣。一年以後，福州船政局（也稱為馬尾船政局）正式開工，這是中國第一個新式的造船廠。

現在回頭來說一下西北的情況。

原來，就在太平天國運動爆發的十一年後（同治元年，西元1862年），在陝西的回民趁著清廷忙於應付太平軍以及捻軍進入陝西的機會，發動叛亂。

「捻軍」是一個活躍在長江以北安徽、江蘇、山東和河南四省部分地區的反清農民武裝勢力，從西元1853—1868年，前後長達十五年，幾乎與太平天國同期，極盛時期總兵力達到二十萬。西元1864年清廷在平定了太平天國之後，就開始傾全力來對付捻軍，西元1866年把左宗棠調任陝甘總督就是要他來處理這個棘手的問題。

經過差不多七年的努力，同治十二年（西元1873年），隨著西寧回民軍首領馬桂源（生年不詳，卒於西元1873年）投降以及肅州的克復，陝甘回變終於告一個段落。這年左宗棠六十一歲，「平定陝甘」成了他了不起的功績之一。

此外，同治三年（西元1864年），由於正值太平天國運動和陝甘回變（儘管太平天國運動此時已進入尾聲），這股反清浪潮也波及到了新疆，新疆各地豪強趁機而起，出現了各自為王、形同割據的局面，發展到後來，沙俄竟然趁機於西元1871年侵占了伊犁，引起了清廷的高度重視，不僅立刻命兩位大將率軍出關，還命左宗棠也一起派兵去進剿，可是此時陝甘回亂尚未平定（雖然已近尾聲），左宗棠認為這個時候跑去新疆打仗過於魯莽，不過他還是於翌年元月派出部將進兵。

一年以後，左宗棠致信總理衙門，指出「欲收伊犁，必先克烏魯木齊」，在具體的軍事戰略上，提出「先北後南」、「緩進急戰」，就是說先安定北疆，不急著攻下伊犁，再進軍南疆；而「緩進」的意思則是說要積極治軍，「急戰」則是考慮到國庫空虛，西北交通又不便，為了緊縮軍費開支，大軍一

旦出發就必須速戰速決。

左宗棠先用了一年多的時間來籌措軍餉，積草屯糧，整頓軍隊，減少冗員，致力於提高軍隊的戰鬥力，然後才正式出兵。經過多年的努力，終於在光緒八年（西元1882年），也就是在沙俄侵佔伊犁十一年後，沙俄終於交還了伊犁。這年左宗棠都七十歲了。與此同時，左宗棠幾次不厭其煩的奏請清廷，不妨趁著新疆收復和西征大軍未撤之威的大好時機，將新疆建省設縣，這麼一來不僅順應民心，也有利於讓新疆恢復元氣，並開始實施有效的管理。清廷接受了左宗棠的建議，經過一番籌劃之後，兩年後（光緒十年，西元1884年），新疆正式建省。「收復新疆，建設西北」也就成了左宗棠一生耀眼的功績。

就在沙俄交還伊犁的第二年，中法戰爭爆發。這是由於法國侵略越南並進而侵略中國而引起的戰爭，從西元1883年十二月至1885年四月，第一階段戰場在越南北部，第二階段擴大到中國東南沿海。左宗棠愛國心切，不顧自己年邁，自請赴福建督師，後來中法戰爭結束後僅僅過了半年左右，左宗棠就在福州病逝了，享年七十三歲。追贈太傅，謚號「文襄」。

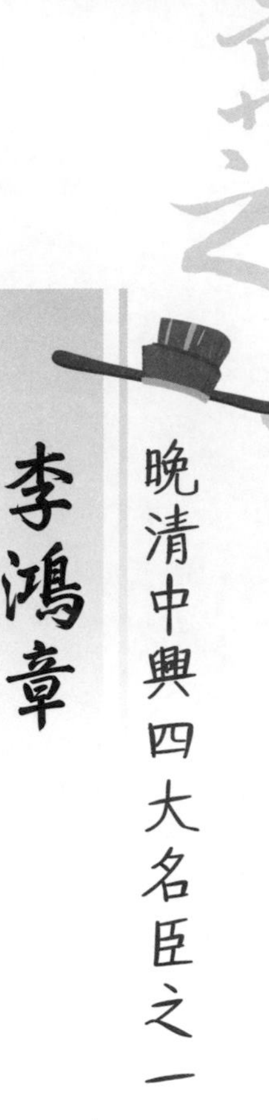

李鴻章

晚清中興四大名臣之一

（西元1823—1901年，清朝）

在「晚清四大名臣」（也有很多人說是「晚清中興四大名臣」）—曾國藩、左宗棠、李鴻章和張之洞（西元1837—1909年）四人當中，李鴻章的年齡居中；他比曾國藩、左宗棠小個十一、十二歲，比張之洞又大個十四歲。不過，李鴻章應該還是跟曾國藩的淵源最深，因為他是曾國藩的門生。

李鴻章是安徽合肥人。六歲就進入家館棣華書屋學習，很早就展現出非常聰慧、又很肯努力的特質，能夠專心攻讀經史，打下扎實的學問根基。道光二十年（西元1840年），李鴻章在十七歲這年中了秀才，三年後，在廬州府學被選為優貢。當時擔任京官的父親望子成龍，不斷來函催促李鴻章去北京，要他準備參加來年順天府的鄉試。李鴻章謹遵父命，翌年果然考中了舉人，還有幸能夠住在曾國藩的宅邸，接受曾國藩的指導。年輕的李鴻章從曾國藩這裡學到了很多經世致用之道，奠定了他一生事業和思想的良好基礎。

曾國藩對這個門生也頗為欣賞，預言李鴻章日後必定會有一番非凡的建樹，甚至會比自己優秀也說不定呢！（「或竟青出於藍也未可知。」）

道光三十年（西元1850年），二十七歲的李鴻章入翰林院散館，授翰林院編修，充武英殿編修。

太平天國運動爆發以後，西元1853年，李鴻章隨著工部左侍郎呂賢基（西元1803—1853年）前往安徽辦團練，五月首次與太平軍交戰於和州裕溪口，翌年李鴻章的父親也回鄉辦團練。其實此時的李鴻章十足是「書生帶兵」，不過很多人都說李家父子的團練「整齊皆可用」，就是說還算是有一點戰鬥力。後來，李鴻章就先後隨著很多清廷大員在安徽中部與太平軍和捻軍作戰。數年的團練生涯，使他逐步懂得了為將之道，明白一個英明的將領絕不會逞匹夫之勇。

六年後，（咸豐九年，西元1859年），這年年底，三十六歲的李鴻章赴江西建昌，入曾國藩幕府，負責起草文書。這個時候湘軍剛剛在三河之戰中吃了敗仗，急需補充新血，因此曾國藩有意培養李鴻章，經常讓他參與核心機密的討論，將他和其他清廷大員同等看待，還故意鼓勵幾位大員和李鴻章辯論，想

藉此挫挫李鴻章的銳氣。無論是在為人處世，或是生活起居，曾國藩也總是盡量身體力行的悉心教育著李鴻章。

李鴻章的壽命挺長，在人間度過了七十八個寒暑。如果從他二十七歲入翰林院散館開始算起，一直到後來官至東宮三師、文華殿大學士、北洋通商大臣、直隸總督等等，他為清廷效力的歲月超過了半個世紀！他的一生，參與了一系列重大的歷史事件，包括平定太平天國運動，平定捻軍（捻軍後期分為東西兩捻，西捻被左宗棠所滅，東捻則被李鴻章所滅），推動洋務運動，北洋水師的創始人和統帥，以及代表清政府簽訂了一系列的不平等條約。

根據統計，李鴻章一生一共簽訂了三十多個條約，幾乎都是不平等條約，包括西元1876年九月中英《煙台條約》，西元1884年五月中法《會議簡明條款》，西元1885年四月中日《天津條約》、同年《中法新約》，西元1895年四月中日《馬關條約》等等。

西元1895年三月二十四日，當七十二歲的李鴻章在日本商討馬關條約的問題時遇刺，被刺客開槍擊中了左臉頰，當場昏倒，血染官服，震動了國際社會。馬關條約簽訂之後，國內民怨沸騰，可沒人敢指責真正的罪魁禍首慈禧太后（西元1835—1908年），只得紛紛將矛頭對準了李鴻章，李鴻章就這樣成了大清喪權辱國的替罪羊。甲午戰後，李鴻章被解除他做了二十五年之久的直隸總督兼北洋大臣的職務。

李鴻章自己也對馬關條約深感憤怒，發誓終身不再踏上日本的土地。其實所有的不平等條約，他都曾經據理力爭過，無奈國家太弱，最後總是不得不接受各國屈辱的要求。

民國初年擁有思想家、史學家、文學家等多重身分的梁啟超（西元1873—

1929年）就非常同情李鴻章的處境，他在《李鴻章傳》裡頭說自己「敬李鴻章之才」、「惜李鴻章之識」、「悲李鴻章之遇」，還推崇李鴻章「必為十九世紀世界史上一人物」。

國際間對李鴻章保持正面評價的也不少，譬如日本首相伊藤博文（西元1841—1909年）就這樣形容李鴻章——「大清帝國中唯一有能耐可和世界列強一爭長短之人」。

西元1900年六月，八國聯軍入侵，清廷焦頭爛額，再度授此時已七十七歲高齡的李鴻章為直隸總督兼北洋大臣，這是清朝封疆大臣中的最高職位，然後不斷催當時人在南方的李鴻章火速北上。李鴻章的親屬及部下都提醒他不要忘了馬關條約的前車之鑑，勸他不要北上。這樣過了一段時間，到了七月底，北方局面實在無法收拾，慈禧在逃亡途中還是不斷電催李鴻章盡速北上，李鴻章便還是拖著年邁的身軀出發了。八月中，當他還在路上的時候，清朝都城已淪陷，朝廷要員都已逃亡。十月十一日，李鴻章一路奔波終於到了北京，由於年事已高，心理壓力又十分巨大，很快就病倒了。

光緒二十七年（西元1901年），《辛丑條約》簽訂。李鴻章在簽字回來以後便大口大口的吐血，終告不治。

中國歷史年代表

朝代	起止年	本書介紹的名相
傳說時代（三皇五帝）		
夏朝	約西元前2070–前1600年	
商朝	約西元前1600–前1046年	伊尹
周朝	西周 西元前1046–前771年	周公
	東周 西元前770–前256年	
春秋	西元前770–前476年	管仲、子產、晏嬰、范蠡
戰國	西元前475–前221年	商鞅、呂不韋
秦朝	西元前221–前207年	李斯、趙高
西漢	西元前202–西元8年	蕭何、陳平、張良
新朝	西元8–23年	
東漢	西元25–220年	董卓、曹操

朝代	年代	人物
三國	**魏** 西元213-266年 **蜀** 西元221-263年 **吳** 西元222-280年	諸葛亮
西晉	西元266-316年	
東晉	西元317-420年	謝安
十六國	西元304-439年	王猛
南北朝	西元420-589年	
隋朝	西元581-618年	楊素
唐朝	西元618-907年	魏徵、房玄齡、楊炎
五代十國	西元907-979年	
宋朝	**北宋** 西元960-1127年 **南宋** 西元1127-1279年	趙普、寇準、王安石
遼朝	西元907-1125年	耶律楚材
西夏	西元1038-1227年	
金朝	西元1115-1234年	
元朝	西元1271-1368年	
明朝	西元1368-1644年	張居正
清朝	西元1636-1911年	曾國藩、左宗棠、李鴻章

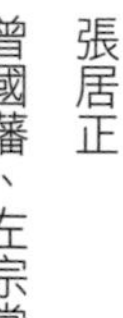

問題＋答案＝想引領讀者看見的訊息

企劃◎陳欣希（臺灣讀寫教學研究學會創會理事長）
撰文◎邱孟月、黃雅雅（陳欣希教授研發團隊）

透過提問，我們想引領大家看見「全書編排的邏輯」、「單一篇章的重點」、「相似篇章的異同」、「書與自己的關聯」。

提問範圍，除了「自序」、「目錄」，我們從30篇中挑選5組，如下：

1 〈治大國若烹小鮮——伊尹〉vs.〈制禮作樂——周公〉
2 〈商聖兼文財神——范蠡〉vs.〈奇貨可居——呂不韋〉
3 〈中國古代著名的財政改革家——楊炎〉vs.〈力挽狂瀾——張居正〉
4 〈導演沙丘政變的黑手——趙高〉vs.〈權傾朝野的大奸臣——楊素〉
5 〈足智多謀——諸葛亮〉vs.〈功蓋諸葛第一人——王猛〉

提問模式，主要原則有三：

1 每組文本會先「各篇提問」再「跨篇統整」；
2 各篇提問一定會讓讀者留意到「篇名」及「首段」「末段」；
3 跨篇統整會有「內容重點」和「書寫特色」的比較異同。

適用方式：

可以是「親子共讀」、「同儕共讀」，也可以是「自我引導」。回答問題，記得還要找出證據，證據通常不只一個！還有還有，若有特別喜愛的問題，記得在問題前畫個＊號！

好問題，有助於讀者理解文本！希望透過這些提問，讓大家讀懂這本書而且喜歡上閱讀思考！

自序&目錄

1. 本書挑選了三十位名相的故事，挑選的依據有哪些呢？請在（　）中打✓。

（　）(1) 佐國良相

（　）(2) 誤國奸臣

（　）(3) 天縱英才

（　）(4) 富可敵國

（　）(5) 歷史關鍵點產生作用

（　）(6) 戰亂時局產生作用

參考答案：(1)(2)(5)(6)

2. （　）自序中建議我們要如何閱讀這本書？原因是什麼呢？

(1) 隨意從標題中挑選有興趣的篇章閱讀；增加閱讀的趣味。

(2) 按照順序從第一篇開始逐次閱讀；培養清楚的時間概念。

(3) 挑選出相似標題的篇章一起閱讀；方便比對名相的差異。

(4) 找出已經認識的名相先閱讀；比對文本內容與創作特色。

參考答案：(2)

3. 目錄中的每個篇章都有標題來形容所要介紹的名相，請試著從這些標題中找出兩類並各舉兩個例子說明。

▼以名相的「治國政策」定標題，例如：制禮作樂；富國強兵，改革科舉。

1 ＿＿＿＿＿＿＿＿，例如：＿＿＿＿＿＿＿＿

2 ＿＿＿＿＿＿＿＿，例如：＿＿＿＿＿＿＿＿

參考答案：

(1)理念，例如：治大國若烹小鮮、寬猛相濟、奇貨可居、以儒治國。

(2)才華，例如：才思敏捷、口齒伶俐；識人之明、足智多謀、直言敢諫。

(3)歷史定位，例如：禍國大盜、一代梟雄、晚清中興四大名臣之一……

第1組

治大國若烹小鮮——伊尹（西元前1649年—前1549年，夏末商初）

1. （西元前1649年—前1549年），括號中的年份代表的是什麼意思？

參考答案：代表伊尹出生於西元前1649年，卒於西元前1549年

2. 伊尹將治國理念比喻成什麼？請在（　）中打✔。

（　）(1) 以鼎調羹　（　）(2) 調和五味

（　）(3) 培育藥草　（　）(4) 熬煮湯液

（　）(5) 若烹小鮮

參考答案：(1) (2) (5)

3. 文中提到伊尹從政有兩個版本，哪一個版本較符合文本後段的描述？請說明理由。

答：我覺得版本＿＿＿＿比較符合後段描述，因為＿＿＿＿＿＿＿＿＿＿＿＿＿＿＿＿＿＿＿＿

＿＿

參考答案：我覺得版本二比較符合後段描述，因為從後文可知伊尹是個做事積極主動的人，而在版本二中，是伊尹主動爭取到商湯的關注。

制禮作樂——周公(生卒年不詳，約西元前11世紀下半葉，商末周初)

4. 請將以下描述周公的正確敘述打✓。

( )(1) 周公名為姬旦
( )(2) 周武王的兒子
( )(3) 被尊為儒學先驅
( )(4) 周文王姬昌的弟弟

參考答案：(1)(3)

5. 周公對周朝的其中一項貢獻是軍事：兩次克殷。請完成下表。

軍事	第一次克殷	第二次克殷
對象		武庚（商紂之子）
原因		拉攏管叔、蔡叔及東方氏族叛亂
經歷	率領諸候聯軍討伐	
結果	周聯軍獲勝，商朝滅亡	

參考答案：

軍事	第一次克殷	第二次克殷
對象	商紂王	武庚（商紂之子）
原因	紂王暴虐無道	拉攏管叔、蔡叔及東方氏族叛亂
經歷	率領諸侯聯軍討伐	1 發討伐判軍文告，安定人心。 2 周公親率東征。
結果	周聯軍獲勝，商朝滅亡	1 殺武庚、管叔，流放蔡叔。 2 東征三年，平息叛亂、擴大疆圖。

6. 周公制禮作樂最大的特色是什麼？貢獻又是什麼呢？

特色：

貢獻：

參考答案：

特色：以宗法血緣制為紐帶，將政治和倫理融合在一起。

貢獻：為周朝八百多年的統治奠定基礎，對中國封建社會產生關鍵性影響。

7. 從哪些方面可以看出周公是一位具有愛國之心的人，請將正確的敘述打✓。

（　）(1) 采在周，爵為「上公」。

（　）(2) 「一沐三捉髮，一飯三吐哺」。

（　）(3) 臨終前交代家人要葬在成周地方。

（　）(4) 在周成王能主持政務時，便還政於成王。

參考答案：(3)(4)

8. 伊尹協助商湯討伐夏桀，周公協助周武王討伐商紂都是基於相同的原因。請問夏桀與商紂共同的問題是什麼？請將正確的敘述打✓。

（　）(1) 起兵叛亂。

（　）(2) 暴虐無道。

（　）(3) 好政他國。

（　）(4) 異族番邦。

參考答案：(2)

9. 以下兩位宰相皆具有許多不同身分，請比較身分異同。

宰相＼身份異同	異	同
伊尹		
周公		

參考答案：

宰相＼身份異同	異	同
伊尹	中華廚祖、道教人物、巫師	政治家、教育家、軍事家
周公	思想家	

10. 請比較〈治大國若烹小鮮〉與〈制禮作樂〉哪一個標題比較吸引你呢？請說明原因。

答：

參考答案：

答：(1)〈治大國若烹小鮮〉，因為標題使用比喻的方式解釋治國理念，但又沒有「明說」是如何治國的。

(2)〈制禮作樂〉，因為標題簡潔明瞭直接點出治國方法。

第2組

商聖兼文財神——范蠡(西元前536—前448年，春秋末年)

1. 范蠡的經濟建設相當成功，他提出「農末俱利」的思想，請問其中精髓是什麼？

答：

參考答案：機動性調整糧食價格，使其保持在一定的、合理的範圍內，可以促進農業生產，又有利於工商業的蓬勃。

2. 范蠡輔佐句踐復國，採取一系列措施。請完成下表。

對象	越國	吳國
作為		
	建議句踐展現親民作風，逐步攏絡人心。	送夫差許多好東西、美女，投其所好。
	重視軍隊訓練、提高士氣與戰鬥力。	

參考答案：

對象	越國	吳國
作為	做好經濟建設，穩定社會。	重建新城面對吳國方向不築城牆，表示臣服。
	協調國內政治勢力，凝聚共識。	送夫差許多好東西、美女，投其所好。
	建議句踐展現親民作風，逐步攏絡人心。	
	重視軍隊訓練、提高士氣與戰鬥力。	

3. 請評估〈商聖兼文財神——范蠡〉這個標題適切嗎？請說明理由。

答：

參考答案：

(1) 不適切，應該以宰相時期的成就或治國理念……等來命名。

(2) 適切，內容在說明范蠡，以其晚年成就來命名應該也可以。

奇貨可居——呂不韋（西元前292—前235年，戰國末年）

4. 呂不韋是一位商人，他下定決心要做「擁君建國」的大買賣後，做了許多努力，請用數字1、2、3、4將以下事件排序。

（　）在趙國邯鄲結識秦國質子異人。

（　）勸趙王放子楚回秦國。

（　）説服華陽夫人認異人為養子，改名子楚。

（　）拿六百金子送守城官吏，子楚逃回秦軍大營。

參考答案：(1)(3)(2)(4)

5. （　）子楚死後，年幼的太子即位，呂不韋權傾天下，卻受什麼事牽連而被免除相國一職？

(1) 趙太后死亡

(2) 嫪毒的叛亂

(3) 嬴政舉行冠禮

(4) 諸侯頻繁拜訪呂不韋

參考答案：(2)

6. 呂不韋執政時期的貢獻可分為以下兩類，請完成下表。

軍事	
文化	

參考答案：

軍事	攻取周、趙、衛土地，助秦兼併六國。
文化	主持編纂呂氏春秋，是後人了解戰國諸子思想的重要書籍。

跨文本比較

7. 對於范蠡和呂不韋走上政商之路的正確描述，請在(　)中打✓。

(　)(1) 范蠡先從政後從商

(　)(2) 兩人均是商政同時

(　)(3) 兩人均未曾當過商人

(　)(4) 呂不韋先從商後從政

參考答案：(1)(4)

8. 請寫出范蠡與呂不韋在功成名就之後的命運，並說明原因。

范　蠡：＿＿＿＿＿＿＿＿＿＿＿＿

呂不韋：＿＿＿＿＿＿＿＿＿＿＿＿

參考答案：

范蠡：急流湧退，離開越國去經商，享壽八十八歲。因為評估越王句踐為人陰險，工於心計，可以共患難卻不能同享樂。

呂不韋：先被免除了相國的職位，最後飲鴆自盡。因為先是受到嫪毒集團叛亂事件影響，接著秦王嬴政擔心他勢力龐大會發動叛亂。

9. 兩篇文本中都介紹到了成語典故，分別是「鳥盡弓藏」、「奇貨可居」、「一字千金」。這樣的安排對於讀者有何影響？

參考答案：增加閱讀樂趣；解釋成語原始的意涵。

第3組

中國古代著名的財政改革家——楊炎（西元727—781年，唐朝）

1.（　）楊炎被譽為「中國古代著名的財政改革家」，也為中國封建社會財賦制度創造新開端，他實施的財政是什麼？

(1) 兩津法
(2) 兩稅法
(3) 兩種法
(4) 兩糧法

參考答案：(2)

2. 承上題，和此法相關的內容有哪些？請在（　）中打✓。

（　）(1) 以居住地為基本徵稅依據
（　）(2) 以貧富等級而定等級標準
（　）(3) 國家正稅繳交夏、秋兩稅
（　）(4) 商人繳稅為財產總額一半

參考答案：(1)(2)(3)

3.（　）唐朝在安史之亂後國力衰落，不過，楊炎推動財政改革成功振興了經濟，功勞卓著的人為何落得被貶官的下場呢？

(1) 唐國軍力荒廢從此一蹶不振

(2) 百姓要繳兩稅導致生活困苦

(3) 既得利益階層牴觸羅織罪名

(4) 財政改革成功皇帝擔心叛亂

參考答案：(3)

力挽狂瀾——張居正（西元1525—1582年，明朝）

4. 張居正輔佐皇帝開創了「萬曆新政」，史學家稱之為何？

答：

參考答案：張居正改革

5. 和「一條鞭法」相關的敘述有哪些？請在（ ）中打✓。

（ ）(1) 賦稅、差役合併為一，簡化徵收項目和手續。

（ ）(2) 對中國封建社會賦稅制度的演變有承先啟後的作用。

（ ）(3) 差役轉到地畝並能交代役銀，官吏更易舞弊。

（ ）(4) 張居正於萬曆九年(西元1581年)下令推行。

參考答案：(1) (2) (4)

6.（ ）文本首末兩段都提到張居正延長了明朝的國祚，這是哪一種寫作手法？

(1) 補充說明

(2) 引用名言

(3) 前呼後應

(4) 借古諷今

參考答案：(3)

跨文本比較

7. 楊炎和張居政的改革能夠成功，除了政令法度等問題外，還需要皇帝的大力支持，請寫出相對應的君王。

楊　炎：＿＿＿＿＿＿＿＿

張居正：＿＿＿＿＿＿＿＿

參考答案：
楊　炎：唐德宗
張居正：明神宗

8. 楊炎和張居正這兩位丞相分別因為受到哪些挫折而辭官或被貶官呢？請完成下表。

宰相	楊炎	張居正
挫折		

參考答案：

宰相	楊炎	張居正
挫折	因元載獲罪牽連被貶官	嚴嵩當權腐敗而辭官

9. 作者曾在〈中國古代著名的財政改革家──楊炎〉寫下「改革的成果歸於皇帝，改革者卻只有死路一條」，請比較這兩位丞相在改革成功後命運的異同。

宰相＼命運	異	同
楊炎		
張居正		

參考答案：

宰相＼命運	異	同
楊炎	被反對派羅織「欺上罔下」的罪名	1 皇帝均由支持者成為迫害者。 2 反對派、政敵陷害。
張居正	張居正死後被追奪官爵封號、抄家產，長子被迫自殺，家人都遭到迫害。	

第4組

導演沙丘政變的黑手——趙高(生年不詳，卒於西元前206年)

1. 趙高原是趙國貴族，為什麼會成為宦官？

答：＿＿＿＿＿＿＿＿＿＿＿＿＿＿＿＿

參考答案：因為父親犯罪受牽連，趙高和兄弟都受宮刑成為宦官。

2. 從趙高擔任哪些職務可得知他相當受到秦始皇的重視？請在(　)中打✓。

(　)(1) 車府令　(　)(2) 司府令　(　)(3) 符璽令　(　)(4) 中州令

參考答案：(1)(3)

3. 趙高一手導演「沙丘政變」，請用數字1、2、3、4、5、6將以下事件排序。

(　)趙高慫恿李斯篡改遺詔。

(　)胡亥繼位為秦二世皇帝。

(　)趙高扣押信件，打算伺機而動。

(　)秦始皇出巡病危，留信要長子扶蘇即位。

(　)李斯與趙高、胡亥合謀，改令扶蘇自殺。

(　)秦始皇死，李斯擔心國家動盪祕不發喪。

參考答案：(4)(6)(2)(1)(5)(3)

權傾朝野的大奸臣——楊素(西元544—606年，南北朝．隋朝)

4.(　)楊素參與何人滅陳朝奪權，而成為隋朝的開國功臣呢？

(1) 楊廣　(2) 楊堅

(3) 楊勇　(4) 楊桃

參考答案：(2)

5. 史學家會將楊素定位在「奸臣」是因為哪些作為呢？請將正確的敘述打✓。

(　)(1) 性情貪婪狠毒　(　)(2) 幫助楊廣奪嫡

(　)(3) 誘楊堅成奢侈　(　)(4) 長子起兵叛亂

參考答案：參考答案：(1)(2)(3)

6.〈權傾朝野的大奸臣——楊素〉一文中的末段是描述其長子起兵遭誅殺，甚至還連累整個家族之事。請評估有需要加入這段嗎？請說明理由。

答：

參考答案：

不需要，因為主角是楊素，所以末段應該還是以楊素為主。

需要，因為楊玄感是楊素的兒子，而且還起兵叛亂，可以當成補充說明。

跨文本比較

7. 請寫出趙高和楊素參與政變的原因為何？

趙　高：

楊　素：

參考答案：
趙高：想當皇帝
楊素：為了一己之私

8. 趙高和楊素都被定位是負面成名的宰相，但兩人最後的結局卻有不同，請完成下表。

宰相	趙高	楊素
結局		

參考答案：

宰相	趙高	楊素
結局	被子嬰設計殺害	極受重視，位高權大封楚國公，死後追贈光祿大夫、太尉等等，謚號「景武」，葬禮風光。

9.（　）趙高和楊素輔佐的皇帝都成為當朝的最後一位帝王，其相同的原因為何？

(1) 引皇帝進入荒糜

(2) 教皇帝禪讓王位

(3) 帶皇帝遠走高飛

(4) 殺皇帝擁權自立

參考答案：(1)

第5組

足智多謀——諸葛亮（西元181—234年，三國時期）

1. 諸葛亮多才多藝兼具許多身分，請在文本中找出一項事蹟佐證。

(1)外交家：

(2)文學家：

(3)發明家：

參考答案：
(1)外交家：出使江東説服孫權「聯孫抗曹」
(2)文學家：《出師表》、《誡子書》、《南征》、《北伐》、《琴經》……
(3)發明家：「木牛流馬」、「孔明燈」、「諸葛連弩」

2. （　）諸葛亮認為什麼策略能幫助劉備統一天下？

(1) 表裡不一
(2) 事後諸葛
(3) 聯孫抗曹
(4) 隱居山林

參考答案：(3)

3.（　）中國四川地區直到現在還有居民頭戴白巾的習慣，可能是什麼原因？

(1) 為諸葛亮喊冤　(2) 想成為諸葛亮　(3) 四川天氣寒冷　(4) 為諸葛亮戴孝

參考答案：(4)

功蓋諸葛第一人——王猛（西元325—375年，東晉十六國時期）

4. 王猛胸懷大志，但卻拒絕了東晉桓溫的延攬，原因可能是什麼？

（　）(1) 東晉朝廷講究門第　（　）(2) 東晉君王暴虐無道

（　）(3) 桓溫懷有篡位之心　（　）(4) 不願意為桓溫效命

參考答案：參考答案：(1)(3)(4)

5. 歷史上很多名相的為政之道皆是「德化」，但王猛一上任卻馬上殺掉許多人。請問他的想法是什麼？

答：____

參考答案：治安定之國可以用禮，但治理混亂之邦必須用法。

6.（　）王猛出兵北伐時病逝，臨終前叮囑苻堅不要攻打東晉的原因是什麼？

(1) 軍力無法相抗　(2) 正統王朝所在

(3) 難敵神祕力量　(4) 桓溫早已暗降

參考答案：(2)

跨文本比較

7. 諸葛亮與王猛都曾隱居再出仕，請寫出兩人願意出仕的原因為何？

諸葛亮：＿＿＿＿＿＿＿＿

王　猛：＿＿＿＿＿＿＿＿

參考答案：

諸葛亮：為劉備三顧茅廬的誠意所感動

王　猛：王猛與苻堅一見如故

8. 諸葛亮和王猛分別有哪些成就呢？請連連看。

諸葛亮・

王　猛・

・統一北方各族

・協助君王在亂世中穩固政權

・破除被士族壟斷的「九品中正制」

・擊敗曹軍奪得漢中

・淝水之戰得勝

・君臣之間是民族融合的典範

參考答案：

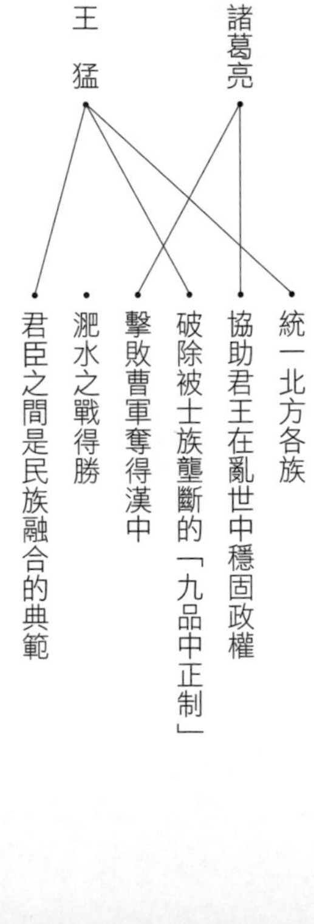

諸葛亮 —— 協助君王在亂世中穩固政權
諸葛亮 —— 擊敗曹軍奪得漢中
王猛 —— 統一北方各族
王猛 —— 破除被士族壟斷的「九品中正制」
王猛 —— 君臣之間是民族融合的典範

（選項：統一北方各族／協助君王在亂世中穩固政權／破除被士族壟斷的「九品中正制」／擊敗曹軍奪得漢中／淝水之戰得勝／君臣之間是民族融合的典範）

9. 〈足智多謀——諸葛亮〉第二、三段有和諸葛亮相關的俗語，〈功蓋諸葛第一人——王猛〉第三段有王猛遇仙對比張良的小故事，請問作者的寫作用意相同嗎？請說明理由。

答：

參考答案：

(1) 相同，因為可以增加文本的趣味性，也有補充軼事的功用。

(2) 不相同，因為諸葛亮文本中的俗語，是為了補充說明諸葛亮足智多謀；而王猛文本中的小故事應是過渡，意在點出王猛愛讀書，尤其是兵書。也能帶出王猛帶兵攻無不克、戰無不勝。

動動腦 想一想

1. 閱讀完這些名相的故事，我們不難歸納出要成為優秀的領導人物須具備的特質。觀察一下周遭的人們，誰具備這樣的特質呢？請舉出兩個例子來證明喔！

2. 如果我們想要更深入了解某位名相的故事或作為，那我們可以運用哪些方法找到相關的資料呢？

3. 閱讀這些名相的故事對我們有什麼幫助呢？請舉出一個在生活當中運用的例子。

國家圖書館出版品預行編目資料

萬人之上：30位名相排排坐／管家琪文；
顏銘儀圖. - 初版 . --臺北市：幼獅，2019.05
面； 公分. --（故事館；59）

ISBN 978-986-449-146-9（平裝）

859.6 108004367

故事館059

萬人之上：30位名相排排坐

作　　者＝管家琪
繪　　者＝顏銘儀
出 版 者＝幼獅文化事業股份有限公司
發 行 人＝李鍾桂
總 經 理＝王華金
總 編 輯＝林碧琪
主　　編＝林泊瑜
美術編輯＝李祥銘
總 公 司＝10045臺北市重慶南路1段66-1號3樓
電　　話＝(02)2311-2832
傳　　真＝(02)2311-5368
郵政劃撥＝00033368

印　刷＝祥新印刷股份有限公司
定　價＝260元
港　幣＝87元
初　版＝2019.05
書　號＝984237

幼獅樂讀網
http://www.youth.com.tw
e-mail:customer@youth.com.tw
幼獅購物網
http://shopping.youth.com.tw/

行政院新聞局核准登記證局版臺業字第0143號